谢六逸全集

十五

谢六逸 著
刘泽海 主编

贵州出版集团
贵州人民出版社

模范小说选（下）

《模范小说选》

谢六逸编,上海:黎明书局,1933年3月。

《谢六逸全集》以上海黎明书局1933年3月版为底本。

目　录

冰　心
- 003　第一次宴会
- 016　分
- 028　参考资料
- 028　　　歌颂母爱的冰心女士
- 044　　　读冰心底作品志感
- 053　　　我的文学生活

郁达夫
- 069　过去
- 091　茫茫夜
- 126　一个人在途上
- 134　参考资料
- 134　　　五六年来创作生活的回顾

附　录

143　文学和人的关系
148　建设的文学革命论
168　论短篇小说
184　中国小说谈
202　论中国创作小说
229　评现今小说界底文字
242　论体裁描写与中国新文艺
247　论新写实主义

・模范小说选・冰心

第一次宴会

1　C教授来的是这样仓猝,去的又是这样的急促,桢主张在C教授游颐和园之后,离开北平之前,请他吃顿晚饭。他们在外国的交谊,是超乎师生以上的。瑛常从桢的通讯和谈话里模拟出一个须发如银,声音慈蔼的老者,她对于举行这个宴会,表示了完全的同意。

2　新婚的瑛——或者在婚前——是早已虚拟下了她小小的家庭里一个第一次的宴会,壁炉里燃着松枝,熊熊的喜跃的火焰,映照得客厅里细致的椅桌,发出乌油的严静的光亮;厅角上的高桌上,放着一盏浅蓝带穗的罩灯;在这含晕的火光和灯光之下,屋里的一切陈设,地毯、窗帘、书柜、瓶花、壁画、炉香……无一件不妥帖,无一件不温甜。主妇呢,穿着又整齐,又庄美的衣服,黑大的眼睛里,放出美满骄傲的光;掩不住的微笑浮现在薄施脂粉的脸上;她用着银铃般清朗的声音,在客人中间,周旋,谈笑。

3　如今呢,母亲的病,使她比桢后到了一个月,五天以前,才赶回这工程未竟的"爱巢"里来。一开门满屋子都是油漆气味,墙壁上的白灰也没有干透,门窗户扇都不完全,院子里是一堆杂乱的砖石灰土!在这五天之中,她和桢仅仅将重要的家具安放好了位置。白天里楼上楼下是满了工人,油漆匠、玻璃匠、木匠……连她也认不清是什么人做什么事,只得把午睡也牺牲了,来指点看视。到了夜里,她和桢才能慢慢的从她带来的箱子里,理出些应用的陈设,如钟、烛台、花瓶之类,都堆在桌上。

4 喜欢款待的她,对于今天下午不意的宴会,发生了无限的踌躇,一种复杂的情感,萦绕在她的心中。她平常虚拟的第一次宴会,是没有实现的可能了!这小小的"爱巢"里,只有光洁的四壁,和几张椅桌,地毯还都捆着放在楼上,窗帘也没有做好,画框都重叠地立在屋角……下午桢又陪 C 教授到颐和园去,只有她一个……

5 她想着,不觉的把眉头蹙了起来,沉吟了半响,没有言语,预备到城里去接 C 教授的桢,已经穿了衣服,戴上了帽子,回头看见瑛踌躇的样子,便走近来在她颊上轻轻的吻了一下,说:"不要紧的,你别着急,好歹吃一顿饭就完了,C 教授也知道,我们是新搬进来的,自然诸事都能原谅。"瑛推开她,含颦的笑道:"你躲出去了,把事都推在我身上,回头玩够了颐和园,再客人似的来赴席,自然你不着急了!"桢笑着站住道:"要不然,我就不去,在家里帮你,或是把这宴会取消了,也使得,省得你太忙累了,晚上又头痛。"

6 瑛抬起眼来:"笑话!你已请了人家了,怎好意思取消?你去你的,别耽搁了,晚上宴会,一切只求你包涵点就是了。"桢笑着回头要走,瑛又叫住他:"陪客呢,你也想出几个人。"桢道:"你斟酌罢,随便谁都成,你请的总比我请的好。"

7 桢笑着走了,那无愁的信任的笑容,予瑛以无量的胆气。瑛略一凝神,叫厨师父先到外面定一桌酒席,要素净些的;回来把地板用柏油擦了,到楼上把地毯都搬下来。又吩咐苏妈将画框、钉子、绳子等都放在一处备用。一面自己披上外套,到隔壁江家去借电话。

8 她一面低头走着,便想了几个人:许家夫妇是 C 教授的得意门生;N 女士,美国人是个善谈女权论者;还有华家夫妇,在自己未来之先,桢在他们家里借住过,他们两位都是很能谈的;李先生是桢的同事,新从外国回来的;卫女士是她的好友,结婚的伴娘……这些人平时也都相识,谈话不至于生涩。十个人了,正好坐一桌!

9 被请的人,都在家,都能来。只卫女士略有推托,让她说了几句,也笑着说"奉陪",她真欢喜极了。在江家院子里,摘了一把玫瑰花,叫仆人告诉他们太太一声,就赶紧回来。

10 厨师父和苏妈已把屋都收拾干净,东西也都搬到楼下来了。这两个中年的用人,以好奇的眼光来看他们弱小的主妇,看她如何布置。瑛觉得有点不好意思!她先指挥着把地毯照着屋子的颜色铺好;再把画框拿起,一一凝视,也估量着大小和颜色分配在各屋子里;书柜里乱堆的书,也都整齐地排列了;烛台上插了各色的蜡烛;花瓶里也都供养好了鲜花。一列安排好了之后,把屋角高桌上绢画蓝龙的电灯一开,屋里和两小时以前大不相同了。她微笑一回头,厨师父和苏妈从她喜悦的眼光中领到意旨了,他们同声的说:"太太这么一调动,这屋里真好看了!"

11　她笑了一笑,唤:"厨师父把壁炉生上火,要旺旺的,苏妈跟我上楼来开箱子。"

12　杯、箸、桌布、卡片的立架、闽漆的咖啡杯子,一包一包都打开了。苏妈从纸堆里检出来,用大盘子托着。瑛打发她先下楼摆桌子去,自己再收拾卧室。

13　天色渐渐地暗了下来,捻开了灯,拨一拨乱纸堆中,触到了用报纸包着沉甸甸的一束。打开了一看,是几个喇叭花形的花插子,重叠着套在一起,她不禁呆住了!

14　电光一闪似的,她看见了病榻上瘦弱苍白的母亲,无力的背倚着床栏,含着泪说:"瑛,你父亲太好了。以至做了几十年的官,也不能好好的赔送你!我呢,正经的首饰也没有一件,金镯子和玉鬓花,前年你弟弟出洋的时候,都作了盘费了。只有一朵珠花,还是你外祖母的,珠也不大,去年拿到珠宝店里去估,说太旧了,每颗只值两三块钱;好在你平日也不爱戴首饰,把珠子拆下来,和弟弟平分了,作个纪念罢!将来他定婚的时候……"

15　那时瑛已经幽咽不胜了,勉强抬起头笑着说:"何苦来拆这些,我从来不用……"

16　母亲不理她,仍旧说下去:"那边小圆桌上的银花插,是你父亲的英国朋友M先生去年送我做生日。M先生素来是要好看的,这个想来还不便宜,老人屋里摆什么花草,我想也给你。"

17　随着母亲的手看去,圆桌上玲珑地立着一个光耀夺目的银花插,盘绕圆茎的座子,朝上开着五朵喇叭花,花筒里插着绸制的花朵。

18　母亲又说:"收起来的时候,每朵喇叭花是可以脱卸下来的,带着走也方便!"

19　是可给的都给女儿了,她还是万般的过意不去,觉得她唯一的女儿,瑛,这次婚礼一切太简单,太随便了:首饰没有做新的,衣服也只添置了几件;新婚没有洞房,只在山寺里过了花烛之夜!这原都是瑛自己安排的,母亲却觉得有无限的惭愧,无限的抱歉,觉得是自己精神不济,事事由瑛敷衍忽略过去,和父亲隐隐谈起赠嫁不足的事,总在微笑中坠泪。父亲总是笑劝说:"做父亲的没有攒钱的本领,女儿只好吃亏了。我赔送瑛不是一箱子的金钱,乃是一肚子的书!——而且她也不爱那些世俗的东西。"

20　母亲默然了,她虽完全同情于她正直廉洁的丈夫,然而总觉得在旁人眼前,在自己心里,解譬不开。

21　瑛也知道母亲不是要好看,讲面子,乃是要将女儿妥帖周全的送出去,要她小小的家庭里,安适,舒服,应有尽有,这样她心里才觉得一块石头落了地,瑛嫁前的年月,才可以完完满满的结束。

22　这种无微不至的慈爱,瑛每一想起,心里便深刻的酸着。她对于病中的母亲,只有百般的解说,劝慰。实际说,她小小的家庭里已是应有尽有了。母亲要给她的花插,她决定请母亲留下。

23　在母亲病榻前陪伴了两个月,终于因为母亲不住的催促,说她新居一切待理,她才忍着心肠,匆匆的北上。别离的早晨,她含泪替母亲梳头,母亲强笑道:"自昨夜起,我觉得好多了,你去,尽管放心……"她从镜中偷看母亲痛苦的面容,知道这是假话,也只好低头答应,眼泪却止不住滚了下来。临行竟不能向母亲拜别,只向父亲说了一声,回身便走。父亲追出兰干外来,向楼下唤着:"到那边就有电报……"她从车窗里抬头看见父亲苍老的脸上,充满了忧愁,无主……

24 这些事,在她心里如同尖刀刻下的血痕,在火车上每一忆起,就使她呜咽。她竟然后悔自己不该结婚,否则就可以长侍母亲了。"嫁出去的女儿,泼出去的水。"不但她自己情牵两地,她母亲也不肯让她多留滞了。

25 到北方后数日极端的忙迫,把思亲之念刚刚淡了一些,这银花插突然地又把无数的苦愁勾起!她竟不知步履艰难的母亲何时把这花插一一脱卸了,又谨密的包好,又何时把它塞在箱底,——她的心这时完全地碎了,慈爱过度的可怜的母亲!

26 她哭了多时,勉强收泪的时节,屋里已经黑得模糊了,她赶紧把乱纸揉起又塞到箱里去,把花插安上,拿着走下楼来,在楼梯边正遇着苏妈。

27 苏妈说:"桌子都摆好了,只是中间少个花盘子……"瑛一扬手道:"这不是银花插:你把我摘来的玫瑰插上,再配上绿叶就可以了。"苏妈双手接过,笑道:"这个真好,又好看,又合式,配上那银卡片架子和杯箸,就好像是全套似的。"

28 瑛自己忙去写了卡片,安排座位。C教授自然是首座,在自己的右边。摆好了扶着椅背一看,玲珑的满贮着清水玻璃杯,全付的银盘盏,银架上立着的红色的卡片,配上桌子中间的银花插里红花绿叶,光彩四射!客室里炉火正旺,火光中的一切,竟有她拟想中的第一次宴会的意味!

29 心里不住的喜悦起来,匆匆又上了楼,将卧室匆匆的收拾好,便忙着洗脸,剔指甲,更衣……

30 一件莲灰色的长衣,刚从箱里拿了出来,也忘了叫苏妈熨一熨,上面略有皱纹,时间太迫,也只有将就的穿了!怪不得那些过来人说做了主妇,穿戴的就不能怎样整齐讲究了;未嫁以前的她,赴一个宴会,盥洗,更衣,是要耗去多少时候呵!

31 正想着,似乎窗外起了铮鏦的琴声,推窗一看,原来外面下着滴沥的秋雨,雨点打着铅檐,奏出清新的音乐,"喜悦的心情,竟有这最含诗意的误解!"她微笑着,"桢和C教授已在归途中罢?"她又不禁担心了。

32 刚把淡的双眉描好,院子里已听见人声,心中一跳,连忙换了衣服,在镜里匆匆又照了一照,便走下楼去。桢和C教授拿着外衣和帽子站在客室中间,看见瑛下来,桢连忙的介绍:"这位是C教授,——这是我的妻。"

33 C教授灰蓝的眼珠里,泛着慈祥和爱的光,头顶微秃,极客气的微偻着同她握手。

34 她带着C教授去放了衣帽,指示了洗手的地方,刚要转身走入客室,一抬头遇着了桢的惊奇欢喜的眼光!这眼光竟是情人时代的表情,瑛忽然不好意思的低下头去。桢双握着她的手,附在她耳边说:"爱,真难为你,我们刚进来的时候,我还以为是走错了地方呢!这样整齐,这样美,——不但这屋里的一切,你今晚也特别的美,淡淡的梳妆,把三日来的风霜都洗净了!"

35 瑛笑了,挣脱了手:"还不换双鞋子去呢,把地毯都弄脏了!"桢笑着自己上楼去。

36 C教授刚洗好手出来,客人也陆续的来了,瑛忙着招呼介绍,大家团团的坐下,桢也下来了,瑛让他招待客人,自己又走到厨房里,催早些上席,C教授今晚还要赶进城去。

37 席间,C教授和她款款的谈话,声音极其低婉,吐属也十分高雅,自然,瑛觉得他是一个极易款待的客人,并不须人特意去引逗他的谈锋。只他筷子拿得不牢,肴菜总是夹不到嘴,瑛不敢多注意他,怕他不好意思。抬起头来,眼光恰与长桌那端的桢相触,桢往往给她以温存的微笑。

38 大家谈着各国的风俗,渐渐引到妇女问题,政治问题,都说得很欢畅,瑛这时候倒默然了,她觉得有点倦,静静的听着。

39 C教授似乎觉得她不说话,就问她许多零碎的事。她也便提起精神来,去年从桢的信里,知道C教授丧偶,就不问他太太的事了,只问他有几位女儿,现在都在那里。

40 C教授微微的笑说:"我么?我没有儿女——"

41 瑛忽然觉得不应如此发问,这驯善如羊的老者太孤单的可怜了!她连忙接过来说:"没有儿女最好,儿女有时是个累赘!"

42 C教授仍旧微笑着,眼睛却注意着桌上的花朵,慢慢的说:"按理我们不应当说这话,但看我们的父母,他们并不以我们为累赘……"

43　瑛瞿然了,心里一酸,再抬不起头来,恰巧 C 教授滑掉了一只筷子,她趁此连忙弯下腰去,用餐巾拭了眼角,拾起筷子来,还给 C 教授,从湿润的眼里望着桌子中间的银花插,觉得一花一叶,都射出刺眼的寒光!

44　席散了,随便坐在客厅里啜着咖啡。窗外雨仍不止。卫女士说太晚了要先回去,李先生也起来要送她;好在路不远,瑛借给她一双套鞋,他们先走了。许家和华家都有车子在外面等着,坐一会子也都起身告辞。N 女士住的远一点,C 教授说,他进城的汽车正好送她。

45　大家忙着穿衣带帽,C 教授站在屋角,柔声的对她说,他如何的喜爱她的小巧精致的家庭,如何的感谢她仓猝中为他预备的宴会,如何的欣赏她为他约定的陪客;最后说:"桢去年在外国写博士论文的时候,真是废寝忘食的苦干;我当初劝他不要太着急,太劳瘁了,回头赶出病来,他也不听我的话。如今我知道了他急于回国的理由了,我一点不怪他!"说着,他从眼角里慈蔼的笑着,瑛也含羞的笑了一笑。

46　开起堂门,新寒逼人,瑛抱着肩站在桢的身后,和大家笑说再见。

47　车声——的远了,桢捻灭了廊上的电灯,携着瑛的手走进客厅来。两人并坐在炉前的软椅上。桢端详着瑛的脸,说:"你眼边又起黑圈了,先上楼休息去,余事交给我罢!——告诉你,今天我心里有说不出的感谢和得意……"

48 瑛站起来笑说:"够了,我都知道!"说着,便翩然的走上楼去。

49 一面卸着妆,心中觉着微微的喜悦,第一次宴会是成功的过去了!因着忙这宴会,倒在这最短的时间内,把各处都摆设整齐了。如今这一个小小的家庭里,围绕着他们,尽是些软美温甜的空气……

50 她又猛然的想起她的母亲来了:七天以前,她自己还在那阒然深沉的楼屋里,日光隐去,白燕在笼里也缩颈不鸣,父亲总是长吁短叹着,婢仆都带着愁容;母亲灰白着颊卧在小床上,每一转侧,都引起梦中剧烈的呻吟……

51 她哭了,她痛恨私心的自己!她那种凄凉孤单的环境里,自己是决不能离开,不应离开的,而竟接受了母亲的催促,竟然利用了母亲伟大的体恤怜爱的心,而飞向她夫婿这边来!

52 母亲牺牲了女儿在身旁的慰安和舒适,不顾了自己时刻要人扶掖的病体,甚至挣扎着起来,偷偷的在女儿箱底放下了那银花插,来完成这第一次的宴会!

53 她抽噎的止不住了,颓然的跪到床边去,她感谢,她忏悔,她祈祷上天,使母亲所牺牲,所赐与她的甜美和柔的空气,能从祷告馨香里,波纹般的荡漾着,传回到母亲那边去!

54 听见桢上楼的足音了,她连忙站起来,拭了眼泪。"桢是个最温存同情的夫婿,被他发觉了,徒然破坏他一天的欢喜与和平……"

55　桢进来了,笑问:"怎么还不睡?"近前来细看她的脸,惊的揽住她道:"你怎么了?又有什么感触?"

56　瑛伏在他的肩上,低低的说:"没有什么,我——我今天太快乐了!"

(1929年11月20日,北平协和医院,选自《姑姑》)

【作者】

冰心即女作家谢婉莹的笔名,女士为福建闽侯人,现任北平燕京大学教授。所作多写儿童与母性爱。海与自然景物的描写,亦称独步。间亦用资产阶级的妇女生活作题材。文笔婉妙,写散文亦清淡如诗。已有全集公世,别为《冰心散文集》《冰心小说集》《冰心诗集》三卷。

【解说】

本篇以宴会作主题,写主妇生活的一面。作品的索隐原是无聊的事,不过一看就知道,"瑛"是作者本身,"桢"是作者的夫婿。作者描绘新婚后"瑛"对母亲的爱和丈夫的爱,不能兼顾,微微露出人生的缺陷。文学的功能之一,原是感动,倘使作者的情感不纯挚,则勉强写出来的文字是空虚的,不能感动别人。这篇文章的技术可说熟练至极,再加上作者天生的情感,无一语不使阅者感动,所以成为艺术品。有人批评作者说:"……她的作品,是跳不出学校与家庭之外的,她不能如鲁迅一班作家一样,在笔锋上与广大的社会人群有着深入的接触。"又说"至于现在,因为时代的进展,她的影响的力量当然逐渐的消沉了。她的作品所留给我们的,只有广大的历史的遗迹,她的作品,在目前留下的,也只有历史的作用"。我则以为不然。作者的作品,本是她的生活的反映,所以她用儿童、大海、母爱等作为题材,她在这方面的描写是成功了的。如果我们承认文艺的才能可以自由发展的话,那么我们希望作者永远保持她的这种风度。

1 主题的说明,阅者在这几行里,已经知道了 C 教授的轮廓。

2—4 第 2 节的描写收效很大。客厅里的陈设,写得极有层次,易于引起他人的感觉。主妇的姿态和神情,显示她的身份或生活。全节用"虚拟"的描写,故不平庸。第 3—4 节写宴会前的邸宅,表现杂乱的氛围,与后面的 34 节照应。

5—6 事件展开。表现新婚夫妇的和谐,借用"对话",夹以"动作"和叙述,较直叙动人,并使事态逼真。

7—12 在这几节里,作者纯以"动的描写"为主,如定菜(7),请客(8),客人都能来(9),布置客厅(10 这里用苏妈和厨师父做陪衬,故文字生动),上楼取陈设的物件和杯箸(11—12)。这样描写的用意,一是表现"宴会"以前的氛围,一是借此引用第 13 节里的"花插"。即和 1—4 节照应,且使"银花插"的出现不至于直率。

13—25 这是主要事件(宴会)中所包孕的次要事件(母亲的爱),为作者用力描绘的地方,值得阅者仔细地赏玩。这几节写到卧病的母亲和母亲的慈祥(14—15),银花插的来源(19)和式样(17—18)。又用"联想"的方法写到出嫁时,父母对于女儿的苦心(19)并显示父亲的性格——(19—20)表现"人生"的藤葛的极峰(23)。注意 22 节,"银花插"始终没有由瑛收下,为下面 25 节的伏笔。又写到离别的悲苦和有年老病人的家庭的清凄(23—24)。在第 25 节里,将"银花插"的事件作一结果,指示"银花插"是母亲暗中塞在箱底的。要表现一位"慈爱过度的可怜的母亲",除此而外,没有更适宜的方法了。

26—31 再回转笔锋,和前文的主要事件联系。陈设餐桌(27—28),瑛的感伤的心情渐趋喜悦(29),主妇生活姿态的素描(30),写主妇的期待,借用"秋雨"(31)。这几节里作者着重在记叙,运用写实的手法。

32—36 事件再进展——这几节里"双管齐下",写C教授和桢。却一面把C教授支使开去(洗手),让桢一个人"独占"。34—35两节的描写和前文2—5—6诸节照应。使阅者对于这一对新婚夫妇的爱情受更深厚的印象。37节为下文进展的预备。

37—48 这里表现宴席间的氛围。写C教授的神情和身世(37—39—41),由C教授的谈话引起母亲的回忆(42—43),两性间的爱(43)和宴席散后应有的"交代"(47—48)。

49—53 笔锋又转到主要事件中所包孕的事件上面了。但却注重心理的描写,和前文的笔法不同。瑛对母爱的负担委实太重了。

54—56 这里是全篇的结束,写点什么好呢?不愿夫婿看见她的感伤,表现"母爱"和"夫妇的爱"的幽微的矛盾。瑛的用心很苦,然而桢却幸福了。

分

1 一个巨灵之掌,将我从郁闷痛楚的密网中打破了出来,我呱的哭出了第一声悲哀的哭。

2 睁开眼,我的一腿仍在巨灵的掌中倒提着,我看见自己的红到玲珑的两只小手,在我头上的空中摇舞着。

3 另一个巨灵之掌轻轻的托住我的腰,他笑着回头,向着仰卧在白色车床上的一个女人说:"大喜呵,好一个胖小子!"一面轻轻的放我在一个铺着白布的小筐里。

4 我挣扎着向外看:看见许多白衣白帽的看护乱烘烘的,无声的围住那个女子。她白着脸,脸上满了汗。她微呻着,仿佛刚从恶梦中醒来。眼皮红肿着,眼睛失神的半开着。她听见了医生的话,眼泪涌了出来。放下一百个心似的,疲乏微笑的闭上眼睛,嘴里说:"真辛苦了你们了!"

5 我便大哭起来:"母亲呀,辛苦的是我呀,我们刚才都从死中挣扎出来的呀!"

6 白衣的看护们乱烘烘的,无声的将母亲的床车推了出去。我也被举了起来,出到门外。医生一招手,甬道的那端,走过一个男人来。他也是刚从恶梦中醒来的脸色与欢欣,两只手要抱又不敢抱似的,用着怜惜惊奇的眼光,向我注视。医生笑了,"这孩子好罢?"他不好意思似的,嗫嚅着:"这孩子脑袋真长。"这时我猛然觉得我的头痛极了,我又哭起来了,"父亲呀,您不知道呀,我的脑壳挤得真痛呀。"

7 医生笑了,"可了不得,这么大的声音!"一个看护站在旁边,微笑的将我接了过去。

8 进到一间充满了阳光的大屋子里。四周壁下,挨排的放着许多小朋友。有的两手举到头边,安稳的睡着,有的哭着说,"我渴了呀!""我饿了呀!""我太热呀!""我湿了呀!"抱着我的看护,仿佛都不曾听见似的,只飘逸的,安详的,从他们床边走过,进到里间浴室去,将我头朝着水管,平放在水盆边的石桌上。

9 莲蓬管头里的温水,喷淋在我的头上,黏黏的血液全冲了下去。我打了一个寒噤,神志立刻清爽了。眼睛向上一看,隔着水盆,对面的那张石桌上,也躺着一个小朋友,另一个看护,也在替他洗着。他圆圆的头,大大的眼睛,黑黑的皮肤,结实的挺起的胸膛。他也在醒着,一声不响的望着窗外的天空。这时我已被举起,看护轻轻的托着我的肩背,替我穿起白白长长的衣裳,小朋友也穿着好了,我们欠着身隔着水盆相对着。洗我的看护笑着对他的同伴说,"你的那个孩子真壮真大呵,可不如我的这个白净秀气!"这时小朋友抬起头来注视着我,似轻似怜的微笑着。

10 我羞怯的轻轻的说:"好呀,小朋友。"他也谦和的说:"小朋友好呀!"这时我们已被放在相挨的两个小筐床里。看护们都走了。

11 我说:"我的周身好疼呀,最后四个钟头的挣扎,真不容易,你呢?"

12 他笑了,握着小拳,"我不,我只闷了半个钟头呢。我没有受苦,我母亲也没有受苦。"

13 我默然,无聊的叹一口气,四下里望着。他安慰我说,"你乏了,睡吧,我也要养一会儿神呢。"

14 我从浓睡中被抱了起来,直抱到大玻璃门边。门外甬道里站着好几个少年男女,鼻尖和两手都抵住门上玻璃,如同一群孩子,站在陈列圣诞节礼物的窗外,那种贪婪羡慕的样子。他们喜笑的互相指点谈论,说我的眉毛像姑姑,眼睛像舅舅,鼻子像叔叔,嘴像姨,仿佛要将我零碎吞并了去似的。

15 我闭上眼,使劲地想摇头,却发觉了脖子在痛着,我大哭了,说,"我只是我自己呀,我谁都不像呀,快让我休息去呀!"

16 看护笑了,抱着我转身回来,我还望见他们三步两回头的,彼此笑着推着出去。

17 小朋友也醒了,对我招呼说:"你起来了,谁来看你?"我一面被放下,一面说:"不知道,也许是姑姑舅舅们,好些个年轻人。——他们似乎都很爱我。"

18 小朋友不言话,又微笑了,"你好福气,我们到此已是第二天了,连我的父亲我还没有看见呢。"

19 我竟不知道昏昏沉沉之中,我已睡了这许久。这时觉得浑身痛得好些,底下却又湿了,我也学着断断续续的哭着说:"我湿了呀!我湿了呀!"果然不久有个看护过来,抱起我。十分欢喜,不想她却先给我水喝。

20 大约是黄昏时候,乱烘烘的三四个看护进来,硬白的衣裙哗哗的响着。他们将我们纷纷抱起,一一的换过尿布。小朋友很欢喜,说:"我们都要看见我们的母亲了,再见呀。"

21 小朋友是和大家在一起,在大床车上推出去的。我是被抱起出去的。过了玻璃门,便走入甬道右边的第一个屋子。母亲正在很高的白床上躺着,用着渴望惊喜的眼光来迎接我。看护放在她的臂上,她很羞缩的解开怀。她年纪仿佛很轻,很黑的秀发向后拢着,眉毛弯弯的淡淡的像新月。没有血色的淡白的脸,衬着很大很黑的眼珠,在床侧暗淡的一圈灯影下,如同一个石像!

22 我开口吮咂着奶。母亲用面颊偎着我的头发,又摩弄我的指头,仔细的端相我,似乎有无限的快慰与惊奇。——

23 二十分钟过去了,我还没有吃到什么。我又饿,舌尖又痛,就张开嘴让奶头脱落出来,烦恼的哭着。母亲很惶恐的,不住的摇拍我,说,"小宝贝,别哭,别哭!"一面又赶紧按了铃,一个看护走了进来。母亲笑说,"没有别的事,我没有奶,小孩子直哭,怎么办?"看护也笑着,说,"不要紧的,早晚会有,孩子还小,他还不在乎呢。"一面便来抱我,母亲恋恋的放了手。

24 我回到我的床上时,小朋友已先在他的床上了。他睡得很香,梦中时时微笑,似乎很满足,很快乐。我四下里望着。许多小朋友都快乐的睡着了,有几个在半醒着,哼着玩似的,哭了几声。我饿极了,想到母亲的奶不知何时才来,我是很在乎的,但是没有人知道。看着大家都饱足的睡着,觉得又嫉妒,又羞愧,就大声的哭起来,希望引起人们的注意。我哭了有半点多钟才有个看护过来,娇痴的噘着嘴,抚拍着我,说,"真的!你妈妈不给你饱吃呵,喝点水罢!"她将水瓶的奶头塞在我嘴里,我哼哼的呜咽地含着,一面慢慢的也睡着了。

25 第二天洗澡的时候,小朋友和我又躺在水盆的两边谈话。他精神很饱满。在被按洗之下,他摇着头,半闭着眼,笑着说,"我昨天吃了一顿饱奶!我母亲黑黑圆圆的脸,很好看。我是她的第五个孩子呢。她和看护说她是第一次进医院生孩子,是慈幼会介绍来的,我父亲很穷,是个屠户,宰猪的。"——这时一滴硼酸水忽然洒上他的眼睛,他厌烦的喊了几声,挣扎着又睁开眼,说,"宰猪的!多痛快,白刀子进去,红刀子出来!我大了,也学父亲,宰猪,——不但宰猪,也宰那些猪一般的尽吃不做的人!"

26 我静静的听着,到了这里赶紧闭上眼,不言语。

27 小朋友问说,"你呢?吃饱了罢?你母亲怎样?"

28 我也兴奋了,"我没有吃到什么,母亲的奶没有下来呢,看护说一两天就会有的。我母亲真好,他会看书,床边桌上堆着许多书,屋里四面还摆满了花。"

29 "你父亲呢?"

30 "父亲没有来,屋里只她一个人。她也没有和人谈话,我不知道关于父亲的事。"

31 "那是头等室。"小朋友肯定的说,"一个人一间屋子吗? 我母亲那里却热闹,放着十几张床呢。许多小朋友的母亲都在那里,小朋友们也都吃得饱。"

32 明天过来,看见父亲了。在我吃奶的时候,他侧着身,倚在母亲的枕旁。他们的脸紧挨着,注视着我。父亲很清癯的脸,皮色淡黄。很长的睫毛,眼神极好。仿佛常爱思索似的,额上常有微微的皱纹。

33 父亲说,"这回看得细,这孩子美得很呢,像你!"

34 母亲微微笑着,轻轻的摩我的脸,"也像你呢,这么大的眼睛"。

35 父亲立起来,坐到床边的椅上,牵着母亲的手,轻轻的指着,"这下子,我们可以不寂寞了,我下课回来,就帮助你照顾他,同他玩。放假的时候,就带他游山玩水去。——这孩子一定要注意身体,不要像我。我虽不病,却不是强壮……"

36 母亲点点头说,"是的——他也要早早的学音乐,绘画,我自己不会这些,总觉得生活不圆满呢! 还有……"

37 父亲笑了,"你将来要他成个什么'家'? 文学家? 音乐家?"

38 母亲说:"随便什么都好——他是个男子呢。中国需要科学,恐怕科学家最好。"

39 这时我正咂不出奶来,心里头烦躁得想哭。可是听他们谈的那么津津有味,我也就不言语。

40 父亲说:"我们应当替他储蓄教育费了,这笔款越早预备越好。"

41 母亲说:"忘了告诉你,弟弟昨天说,等孩子到了六岁,他送孩子一辆小自行车呢!"

42　父亲笑说:"这孩子算是什么都有了,他的摇篮,不是妹妹送的么?"

43　母亲紧紧的搂着我,亲我的头发,说,"小宝贝呵,你多好,这么些个人疼你!你大了!要做个好孩子……"

44　挟带着满怀的喜气,我回到床上。也顾不得饥饿了。抬头看小朋友,他却又在深思呢。

45　我笑着招呼说:"小朋友,我看见我的父亲了。他也极好。他是个教员。他和母亲正在商量我将来教育的事。父亲说凡他所能做到的,对于我有益的事,他都努力。母亲说我没有奶吃不要紧,回家去就吃奶粉,以后还吃橘子汁,还吃……"我一口气说了下去。

46　小朋友微笑了,似怜悯又似鄙夷:"你好幸福呵,我是回家以后,就没有奶吃了。今天我父亲来了,对母亲说有人找她当奶妈去。一两天内我们就得走了!我回去跟着六十多岁的祖母。我吃米汤,糕干,……但是我不在乎!"

47　我默然,满心的高兴都消失了,我觉得惭愧。

48　小朋友的眼里,放出了骄傲勇敢的光:"你将永远是花房里的一盆小花,风雨不侵的在划一的温度下,娇嫩的开放着。我呢,是道旁的小草。人们的践踏和狂风暴雨,我都须忍受。你从玻璃窗里,遥遥的外望。也许会可怜我。然而在我的头上,有无限阔大的天空。有自由的蝴蝶和蟋蟀在我的旁边歌唱飞翔。我的勇敢的卑微的同伴,是烧不尽割不完的。在人们脚下,青青的点缀遍了全世界!"

49 我窘得要哭,"我自己也不愿意这样的娇嫩呀!……"我说。

50 小朋友惊醒了似的,缓和了下来,温慰我说,"是呀,我们谁也不愿意和谁不一样,可是一切种种把我们分开了,——看后来罢!"

51 窗外的雪不住的在下,扯棉搓絮一般,绿瓦上匀整的堆砌上几道雪沟。母亲和我是要回家过年的,小朋友因为他母亲要去上工,也要年前回去。我们只有半天的聚首了,茫茫的人海我们从此要分头消失在一片纷乱的城市叫嚣之中,何时再能在同一的屋瓦之下,抵足而眠?

52 我们恋恋的互视着。暮色昏黄里,小朋友的脸,在我微晕的眼光中渐渐的放大了。紧闭的眼唇,紧锁的眉峰,远望的眼神,微微突出的下颔,处处显出刚决和勇毅。"他宰猪——宰人?"我想着,小手在衾底伸缩着,感出自己的渺小!

53 从母亲那里回来,互相报告的消息,是我们都改成明天——一月一日——回去了!我的父亲怕除夕事情太多,母亲回去不得休息。小朋友的父亲却因为除夕自己出去躲债,怕他母亲回去被债主包围,也不叫他离院。我们平空又多出一天来!

54 自夜半起便听见爆竹,远远近近的连续不断。绵绵的雪中,几声寒犬,似乎告诉我们说人生的一段恩仇,至此又告一小小结束。在明天重戴起谦虚欢乐的假面具之先,这一夜,要尽量的吞噬,怨詈,哭泣。万千的爆竹声,阴沉沉的大街小巷之中,不知隐伏着几千百种可怖的情感的激荡……

55 我慄然,回顾小朋友。他咬住下唇,一声儿不言语。——这一夜，缓流的水一般，细细的流将过去。将到天明，朦胧里我听见小朋友在他的床上叹息。

56　天色大明了。两个看护脸上堆着新年的笑，走了进来，替我们洗了澡。一个看护打开了我的小提箱，替我穿上小白绒紧子，套上白绒布长背心和睡衣。外面又穿上一色的豆青绒线裤子，帽子和袜子。穿著完了，她抱起我，笑说，"你多美呵，你看妈妈多会打扮你！"我觉得很软适，却又很热，我暴躁得想哭。

57　小朋友也被举了起来。我愕然，我几乎不认识他了！他外面穿着大厚蓝布棉袄，袖子很大很长，上面还有拆改补缀的线迹；底下也是洗得褪色的蓝布的围裙。他两臂直伸着，头面埋在青棉的大风帽之内，臃肿得像一只风筝！我低头看着地上堆着的，从我们身上脱下的两套同样的白衣，我忽然打了一个寒噤。我们从此分开了！我们的精神上、物质上的一切都永远分开了！

58　小朋友也看见我了，似骄似惭的笑了一笑说："你真美呀，这身美丽温柔的衣服！我的身上，是我的铠甲，我要到社会的战场上，同人家争饭吃呀！"

59　看护们匆匆的拾起地上的白衣，扔入筐内。又匆匆的抱我们出去。走到玻璃门边，我不禁大哭起来。小朋友也忍不住哭了，我们乱招着手说，"小朋友呀！再见呀！再见呀！"一路走着，我们的哭声，便在甬道的两端消失了。

60　母亲已经打扮好了，站在屋门口。父亲提着小箱子，站在她旁边。看见我来，母亲连忙伸手接过我，仔细看我的脸，拭去我的眼泪,偎着我,说:"小宝贝,别哭!我们回家了,一个快乐的家,妈妈也爱你,爸爸也爱你!"

61　一个轮车推了过来,母亲替我围上小豆青绒毯,抱我坐上去,父亲跟在后面。和相送的医生看护们道过谢,说过再见,便一齐从电梯下去。

62　从两扇半截的玻璃门里,看见一辆汽车停在门口。父亲上前开了门,吹进一阵雪花,母亲赶紧遮上我的脸。似乎我们又从轮车中下来,出了门,上了汽车,车门碰的一声关上了。母亲掀起我的脸上的毯子,我看见满车的花朵。我自己在母亲怀里,父亲和母亲的脸颊偎着我。

63　这时车已徐徐的转出大门,门外许多洋车拥挤着,在他们纷纷让路的当儿,猛抬头我看见我的十日来朝夕相亲的小朋友!他在他父亲的臂里。他母亲提着青布的包袱。两人一同侧身站在门口,背向着我们。他父亲头上是一顶宽檐的青毡帽,身上是一件大青布棉袍。就在这宽大的帽檐下,小朋友伏在他的臂上,面向着我。雪花落在他的眉间,落在他的颊上。他紧闭着眼,脸上是凄傲的笑容——他已开始享乐他的奋斗!……

64　车开出门外,便一直的飞驰。路上雪花飘舞着。隐隐的听得见新年的锣鼓。母亲在我耳旁,紧偎着说,"宝贝呀,看这一个平坦洁白的世界呀!"

65　我哭了。

(1931年8月5日,选自《姑姑》)

【解说】

  在"第一次的宴会"的后面，编者选了这一篇"分"。作者长于描写母性爱和儿童，这一篇写到婴孩，所以值得注意。文体是自叙，从婴儿的口中，说出婴孩的诞生。描绘产褥上的母亲、婴孩和婴孩的谈话。有钱人的婴孩和穷人的婴孩，显示社会的阶级性。技巧很新鲜，如写婴孩哭时，就写婴孩在说话，仍是理想中的写实。

  1—19 这篇文字的题材，本是作者的生活经验，故能仔细观察体会。这几节里从婴孩离开母胎写起，写产后的母亲、惊惧的父亲、产室里的氛围、婴孩在摇篮里入睡。背景是圣诞节。这些情景，如用直叙法是最平庸的，所以作者不从母亲方面着笔，一一从初生的婴孩口中眼中描绘出来，这样的表现比较别的方法优胜。

  20—24 写婴孩的"初乳"，这是题内应有之文。24节里竟已描写婴孩的幽妙的心情了。

  25—31 洗澡时婴孩谈起话来了，虽是理想，仍为写实。由婴孩的对话，一个的父亲是屠户，一个的母亲会读书，因此产室的等第也不同，暗示人类社会阶级的开始。

  32—43 这里写到第一次做父母的心情和打算，着重在对话，避开记叙的烦冗。

  44—52 这里是重要的文字。婴孩们原是同样的人，可是"分"了之后，就各自走进不同的环境和阶级里头去了。46—48节的表现很有力量，在这几行文字的背面，隐着"社会"的矛盾。51—52两节终于说出作者的本怀来了。从这里看出作者的思想是人道的、前进的。

  53—65 婴孩和他的小朋友在新年的那天离开医院，暗示新生命的萌芽。

  55—57—58—59—63 诸节里，写两个婴孩"分"开来走进自己的环境，奔赴不同的运命。54节里除夕的表现,实是几千字的大文章压缩而成的。这几节全用对照的方法描写,一贫一富两个阶级放在阅者的眼前。64节母亲向婴孩说的话,实不仅是字面上的意义。65节仅用"我哭了"三个字作结,留着不尽的意味。

参考资料

歌颂母爱的冰心女士

贺玉波

一

冰心女士姓谢,本名是婉莹。她是福建人。她父亲是个海军军官,非常宠爱她,在她幼年时,把她扮作男装,看作儿子一样。她在北京燕京大学读书的时候,便常常在《晨报副刊》上投稿;在晨报社出版的《小说集》上有她的《出国》《两个家庭》等篇。后来她留学美国,研究文学;抵美国不久便得了病,在学校的医院里休养。回国后,她和一位吴姓的大学教授结了婚,小家庭的新生活使她十分满意,这从她的《第一次宴会》上可以看得出。她的著作有《繁星》《春水》《超人》《往事》《寄小读者》等五本;其他散在各杂志上者尚多,一时无法收集,以供阅览。所以我只根据上列的五本作品和她的婚后的一篇短篇小说《第一次宴会》而作批评。

可是在考察她的作品之前,我们可以从她的小史中摘出几点与她的作品有关系的地方,作为考察的帮助。1. 她所处的阶级超过丰衣足食者之上;2.她是个安居在家庭里的闺秀,虽是她在学校中读过书,而且曾留学美国,仍然不曾接近过污浊的社会;3.她创作的时代正起自五四运动的前后;4.她婚后的生活仍然是圆满而丰富。

从上列的几点看来,可以考得她作品的特色:不论诗歌、散文和小说,她所吟咏所描写的总不出于有闲阶级安逸生活的赞美;于是自然的美和父母家人的爱成了她每篇作品的要素。所描写的题材几乎完全取自于她安逸的家庭,而军人的父亲、慈爱的母亲和聪明的弟弟们便成了她屡描而不倦的人物。她对于社会太盲目了,感不到分毫的兴趣;以至所描写的事件大半是一些家庭日常生活的断片。她不明了社会的组织和历史,而且不曾经过现社会的痛苦,所以主张用由母爱而发展的博爱来解除社会上的罪恶,来拯救苦难的众生。在她的作品里只充满了耶教式的博爱和空虚的同情。

现在我们且开始讨论她的作品。《繁星》和《春水》是两本同在一九二三年出版的诗集。前者无论在技巧或情绪上都比不上后者。不过两者描写的范围完全是相同的。不外是:1.自然的赞美;2.母爱的颂扬;3.人生的怀疑;4.青春逝去的感伤;5.艺术的歌咏。我们不妨照这样的分类依次举出几首诗来以便观察。

> 高峻的山巅,
> 深阔的海上——
> 是冰冷的心,
> 是热烈的泪,

可怜微小的人呵!

(《繁星》之二六)

故乡的海波呵!

你那飞溅的浪花,

从前怎样一滴一滴的敲我的磐石,

现在也怎样一滴一滴的敲我的心弦。

(《繁星》之二八)

造物者——

倘若在永久的生命中,

只容有一次极乐的应许,

我要至诚地求着:

"我在母亲的怀里,

母亲在小舟里,

小舟在月明的大海里。"

(《春水》之一〇五)

我的心呵!

你昨天告诉我,

世界是欢乐的,

今天又告诉我,

世界是失望的,
明天的言语,
又是什么?
教我如何相信你!
(《繁星》之一三二)

我知道了,
时间呵!
你正一分一分的,
消磨我青年的光阴!
(《繁星》之九四)

诗人,
是世界幻想上最大的快乐,
也是事实中最深的失望。
(《繁星》之二七)

在《繁星》和《春水》两本诗集里,有些诗是很美丽的,如后者所收集的《病的诗人》《假如我是个作家》《哀词》等。可惜为着篇幅的限制,我不能一一列举了,说几句简单的评语吧。她的诗在形式上是解放的、自由的、无韵的。语句很标致,音调也自然。尤其以描写风景的诗为最好,使人读了好像亲临其景的样子。可是在诗的内容方面,却难以使我们满意,仍然脱不了旧诗的躯壳。作者只知道将自己一时的百感杂念和盘写出,却疏忽了对于诗的情选择。所以她的诗集里夹杂了许多思想纷乱的词句,这未尝不是她的缺点。再者她爱把怀疑、彷徨的情绪含在诗里,她自己以为是尽了探讨如谜人生的能事。一般盲目的读者正以为这就是她的诗的特点,而值得称赞的。但我很不以为然。那正是她那些美丽清秀的诗的致命伤!她那样飘然安逸而对于人生忧虑的见解,只在她的诗里种下了社会观察的幼稚的气氛。作者呵,美丽的词句和音调只是诗的一部分,诗的内容也是非常重要的,请不要忽略了。

二

和《繁星》《春水》同年出版的有一本短篇小说集《超人》,包含《笑》《超人》《爱的实现》《最后的使者》《离家的一年》《烦闷》《疯人笔记》《遗书》《寂寞》《往事》共十篇。其中《笑》《爱的实现》和《最后的使者》三篇,如《几位当代中国女小说家》的作者毅真君所说,是与神话小说极其相近;不过我还以为带有散文诗的气味,是几篇秀丽的文章。我不能一一举出讨论,只将影响于我脑里最深的几篇提出,和大家谈谈;但所谓影响最深也不仅是好的印象,同时也含有坏的印象。

《超人》,据普通一般读者说是全集中最好的一篇,但我的意思则不然。譬如厨子的儿子禄儿所写的信太好,像他那样读过几年书的儿童,竟写出"⋯然而我有一个母亲,她因为爱我的缘故,也很感激先生。先生有母亲么？她也一定是爱先生的。这样我的母亲和先生的母亲是好朋友了。所以先生必要收母亲的朋友的儿子的东西，"这样通达委婉而富有深意的话，令人难以置信。主张"与其互相牵连，不如互相遗弃；而且尼采说得好，爱和怜悯都是恶……"的何彬听了三夜的禄儿病腿的呻吟，便改变了他的思想，终竟在回复禄儿的信说出了下面两段话：

你深夜的呻吟，使我想起了许多的往事。头一件就是我的母亲，她的爱可以使我止水似的感情，重要荡漾起来。我这十几年来，错认了世界是空虚的，人生是无意识的。爱和怜悯都是恶德。我送给你那药费，里面不含着丝毫的爱和怜悯，不过是拒绝你的呻吟，拒绝我的母亲，拒绝了宇宙和人生，拒绝了爱和怜悯。上帝呵！这是什么念头呵！

我再深深的感谢你从天真里指示我的那几句话。小朋友呵！不错的，世界上的母亲和母亲都是好朋友，世界上的儿子和儿子也都是好朋友，都是互相牵连，不是互相遗弃的。

在这篇作者对于她自己的博爱思想的表现可算是成功的。不过技巧未免太笨，描写得很不自然。尤其以时间的不统一为最坏，如第四、五、六面上的"这一夜""第七天早起，""过了几天，""这一天晚饭的时候，""第二天，"等是最大的毛病。这也许是作者初期作品免不掉的现象。

《离家的一年》是描写姊弟的爱和同学的爱的，思想还好，但所采取的情节太琐碎，描写太简陋，有点像记账式的作品。如果能将许多不必要的情节删去，而在描写上用点功夫，是可以变成一篇美好作品的。又如"心想不如小姊姊也和我打架，家里的人都不理我，我也倒觉得无有牵挂；这样真是太叫人难受。"这一小节心理描写本是用第一人称口吻写的，但作者竟摆在客观描写的中间，不曾注意到这毛病。只要将那几句加上引号或者将"我"改作"他"就可以免除这毛病了。

"三天的相聚，就是我最后的回顾了。我相信在我从淡雾里渐渐飘去的时候，回顾隐隐的海天中，永永有母亲、姑母和你！"这是《遗书》中第十六信的首段，是可以当作全篇的用意的。这篇所表现的不外母爱和友爱。此外还参加了些作者对于文艺理论的见解，虽是蛇足，但也有一读的价值。现在且摘下，作为参考的资料：

> 我所最不满意的，就是近来有些译品——尤其是小说诗歌——生拗已极，必须细细的、聚精凝神的读下去，方能理会得其中的意思。……因为太直译了，就太生拗；太意译了，又不能传出原文的神趣。(p.91)
>
> 至于创作一方面，我以为应当是个人方面绝对的自由挥写。无论什么主义，什么派别的成见，都不可存在胸中的。也更不必预想到读者对于这作品的批评和论调。写完

了,事情就完了,这样才能有些'真'的意味。如太顾忌了,弄得再不自由,畏首畏尾,结果就是批评者阅者出意思,派作者来创作,与科举时作场屋的文章何异?而且作品在前,主义在后;创作者在前,批评家在后,作者万不可抹杀自己。(p.92)

至于《寂寞》一篇还写得好,描出了小小在别离妹妹后所感到的寂寞的悲哀。最末一篇《往事》未免太杂乱,只能算作日记或杂记,不能当小说读。总之,《超人》集里所收集的十篇作品,太乱杂,有一多半不是完善的。

三

我们且把注意力转到《寄小读者》吧。这是作者陆续在《晨报副刊》的《儿童世界》栏上所发表过的通讯的汇集,分《通讯》与《山中杂记》两部。从通讯第六起,所谈的大都是作者赴美国途中的经历以及到美国后的生活状况,计通讯共二十七篇。文字非常清秀,对于赴美沿途见闻的描写也很生动,尤其以海与湖的景色为最好。每篇都含有作者爱好儿童的伟大的真情。在《通讯二》里所表现的对于小生物的爱怜,是很有影响于儿童的。譬如:

我小时曾为一头折足的蟋蟀流泪,为一只受伤的黄雀呜咽;我小时明白一切生命,在造物者眼中是一般大小的;

我小时未曾做过不仁爱的事情,但如今堕落了……(p.8)

《通讯四》和《通讯七》是两篇描写自然风景的美好的文章,前者所描写的是江南的景色,后者是太平洋的海洋景致以及美国的Lake waban 的湖光。《通讯九》叙述作者在医院里养病时外国师长同学朋友赠花和安慰的情形,一种无国界的友爱和同情在这篇里表现得十分恰当。

《通讯十》里面的一段是作者对于母爱最好的表现,现在不妨抄在下面:

世界上没有两件事物,是完全相同的;在你头上的两根丝发,也不能一般长短。然而——请小朋友们和我同声赞美!只有普天下的母亲的爱,或隐或显,或出或没,不论你用斗量,用尺量,或是用心灵的度量衡来推测;我的母亲对于我,你的母亲对于你,她的和他的母亲对于她和他,他们的爱是一般的长阔高深,分毫都不差减。小朋友!我敢说,也敢信古往今来,没有一个敢来驳我这句话,当我发觉了这神圣的秘密的时候,我竟欢喜感动得伏案痛哭。(p.66)

还有《通讯十五》里面的几句话也是很好的:

如今我请你们纪念的这人,虽然都在海外,但你们忆起许多苦孩子时、或能以意合意,以心会心的体恤到眼前的病者,小朋友,莫道万里外的怜悯牵萦,没有用处,'以伟大思想养汝精神!'日后帮助你们建立大事业的同情心,便是从这零碎的怜念中练达出来的。

《通讯十八》是篇很好的游记,描写作者经日本神户到美国 Wellsly 的经历。《山中杂记》里面的(五)《她得了刑罚了》和(十)《鸟兽不可与同群》写得也好。为节省篇幅起见,不能再有所列举了。总之,《寄小读者》,无论在内容和形式上面,是一本很适意的儿童读物,与夏丏尊所译的《爱的教育》同为近代最有益于儿童的作品。

四

再来讨论一九三〇年出版的《往事》吧,据说这本只有四万字的小说出版后只有一个月,便已再版;可见读者对于这书的欢迎。但是,究竟是些什么样的作品呢?全集包含《悟》《六一姊》《别后》《往事(其二)》《剧后》《梦》《到青龙桥去》等七篇。除开《往事(其二)》一篇(与《超人》里面的《往事》一样地杂乱,简直不成完美的作品)外,其余六篇我们可以作个简要的考察。

《悟》是用六篇书信组成的,其他只是少部分的描写而已;至于立意与《超人》差不多,不外主张母爱和博爱以非难对于人类绝望的人生观是了。全篇的焦点可由第一第五两信看出,为了讨论起见,且略摘几节在下:

不提起人类便罢,提起人类,不知我要迸出若干血泪!制度已定,阶级已深,自私和自利,已牢牢的在大地上立下根基。这些高等动物,不惜以各种卑污的手段,或个人,或团体,或国家,向着这目的鼓励奔走。种种虚伪,种种残忍,'当面输心背面笑,翻手作云覆手雨,'什么互助,什么同情,这一切我都参透了!——天性之爱我已几乎忘了,我不忍回想这一步——如今我不信一切,否认一切,我们所信的只是我自己!

如此,我坚确的信人生只有痛苦,只有眼泪……

下面是回信:

我的朋友!你的理论也不是完全可以弃置的,自私自利的制度阶级,的确已在人类中立下牢固的根基。然而如是种种,均由不爱而来。斩情绝爱,忍心害理的个人、团体、和国家,正鼓励着向这毁灭世界底目的上奔走。而你在迸出血泪之后,仅仅退守饭碗主义,在虚伪残忍的人类中只图救自己于饥渴死亡,这岂是参透一切的你所应做的卑怯的事!(p.23)

请注意作者在这信里所表现的思想。一个在资本制度下绝望而退缩的青年只知道忍耐一切忿懑,而抱饭碗主义,这固然是消极万分的主张，应该被现代青年所摈弃的。但他之所以这样消极堕落，乃是不合理的制度和环境使然，我们的作者不将这种情形分析出来，不攻击这样的社会制度，反一味责备他不曾有过爱，要他"一边流迸着血泪，一边肩起爱的旗帜，领着这'当面输心背面笑，翻手作云覆手雨，'的人类，在这荆棘遍地的人生道上，走回开天辟地的第一步上来！"真是滑稽之至！作者未免对于现社会的组织太盲目了！请问在私有财产制度之下，在剥削被剥削的矛盾社会里面，你能高举着爱的旗帜吗！你能怎样去爱你的被压迫的父母妻子儿女呢？算了吧！空虚的博爱有什么益处？请你研究研究现社会的组织吧。

《六一姊》是一篇无多大意思的作品，仅仅描写儿时乡下姑娘的琐屑，而且是旧式女子美德的颂词。作者想赐给我们的到底是些什么？

同样，《别后》也是一篇令人厌烦的作品。只一点点别离后的思念，很普通的思念，已经用不着耗费文字去描写，况且作者所描写的又非常平淡而板滞，无怪乎难打动读者的心弦。这篇没有半点精密而适当的描写，全是些琐碎动作的叙述，又乱杂而无条理，和最近流俗旧式章回体的小说犯着同一的毛病。

《到青龙桥去》虽然涉及了一点社会的不平事件，也不过是作者以太太小姐的态度，瞧见了几个被压迫的兵士而起一种不相关的感触罢了，除此以外，什么也没有。

幸喜有《剧后》和《梦》两篇还比较地好。前者描写一个美丽娇贵的女郎感到年华飞逝的悲哀，还能感动人，后者描写作者自己对于童年的回忆及现生活的不满，也还不差。不过，两者也没有多大社会的价值，仅仅表出了每个普通女郎惋惜她的美貌和青春逝去的心情罢了。

如果拿《往事》和《超人》两集比较而论，后者在技巧上比较前者稍逊；在思想上则比前者稍佳，不过两者总不是我们对于作者所认为满意的。至于《第一次宴会》是描写作者自己新婚后宴客的情形，参合了母亲的爱和夫妇的爱，也是一篇没什么令人注意的作品。

<h2 style="text-align:center">五</h2>

现在我们对于冰心女士及其作品作一总合的批判吧。1. 主张绝对的自由挥写，不为主义派别所限制。（参看上面已经列出的《超人》的一段，p. 92）因为这个缘故，作者的作品，无论诗歌、散文、小说，总找不出有系统的思想和固定的作风。2. 常常借作品探讨人生以及文艺理论。这简直是她最显著的特性。因了她对于现社会的组织过于盲目，而找不出正当的社会改良方法，于是鼓吹着空虚的博爱。这点对于她的作品没有什么好处，只赢得了一个对于社会的幼稚病。以文艺理论参在文学作品中，固然没有说不过去的地方，但总有些弊病：最明显的就是容易使作品的本身板滞而枯涩。与其这样，倒不如另写理论文章为好。3. 她的小说没有适当的结构。Rudyard Kipling 把结构的要素分为三种：就是行为（Action）、行为者（Actor）、和背景（Setting），他说行为就是 What and How 的主体，行为者就是由 Who 的问题发生的，至于背景则由 Where and When 的问题发生的。这三

项都不可忽视的。但作者最疏忽的乃是背景一项,有时仅仅倾其全力于行为的描写,这是不对的。4.她的小说没有精密的描写,只是些琐碎的叙述;往往夹一些令人生厌的过多的书信,和其干燥的理论。

至于她的长处就是描写儿童的作品。在《寄小读者》的开始,便有着这样的一节:

> 在这开宗明义的第一信里,请你们容我在你们面前介绍我自己。我是你们天真队里的一个落伍者——然而有一件事,是我常常用以自傲的:就是我从前也曾是一个小孩子,现在还有时仍是一个小孩子。为着要保守这一点天真直到我转入另一世界为止,我恳切地希望你们帮助我,提携我。我自己也要永远勉励着;做你们的一个最热情最忠实的朋友!

我们读了她的《寄小读者》,便知道她富有爱好儿童的伟大的心情,以及创作儿童文学的天才,我们很希望她照着上面的自白继续努力。

> 母亲呵!你是荷叶,我是红莲。心中的雨点来了,除了你,谁是我在无遮拦天空下的荫蔽?(《超人》p.128)

> 母亲的爱,和寂寞的悲哀,以及海的深远;都在我心中

又起了一回不可言说的惆怅！(《超人》p.133)

从上面两节可以得知她的作品的特点：就是对母爱的歌颂和自然的赞美。这种特点几乎在她每篇作品里表现着。

末了，我们且看看她的创作哲学。在《往事》p.105她说下面的自白：

> 别离碎我为微尘，和爱和愁，病又把我团捏起来，还敷上一层智慧。等到病叉手退立，仔细端详，放心走去之后，我已另是一个人！
>
> 她已渐远渐杳，我虽没有留她的意想，望着她的背影，却也觉得有些凄恋。我起来试走，我的躯体轻健。我举目四望，我的眼光清澈，遍天涯长着萋萋的芳草。我要从此走上远大的生命的道途！感谢病与别离。二十余年来，我第一次认识了生命！

还有：

> ……日来渐惯了单寒羁旅，离愁已浅，病缘已断；只往事忽忽追忆，难得当日哀乐纵横，贻我以抒写时的洒落与回味！(p.106)

原来作者她自己承认从前只在别离与病的中间的呻吟,挥写,这是一点也不错的。虽然她自夸走上了远大的生命的道途,第一次认识了生命,但仍旧只是追忆当日的哀乐纵横的往事罢了!

　　她仍旧不求彻底讨究人生的真谛和分析现社会的组织,仍旧只想以逸然的态度来写她的家世以及个人的感怀,制造一些与现社会不关痛痒的作品来!作者啊!请你不要专门以锦绣似的文字,织那些已逝的好梦!现社会已经不是你儿童时代那般地美满,所以你再也不必呻吟,挥写那些以往的儿女常情了。请把你的眼光和心血集中在现社会,如果你不这样做去,那末,只好永远承认西滢说的"《超人》里大部分的小说,一望而知是一个没有出过学校门的聪明女子的作品。人物和情节都离实际太远了。"这几句话是很有道理的了。

(选自《现代文学评论中国女作家》)

读冰心底作品志感

直 民

像一朵荷花一样洁白,一尘不染地直伸起来的诗人,那便是冰心女士了。从现世中挣扎出来的人,多少是带一些伤痕的,唯有慧心者乃能免此。我读了冰心最近的《遗书》,觉得说话的欲望不能制止,虽然明知隔靴搔痒一定不免,不相干的话,徒然误了读者,对不起了作者,但是发于不得不发,或者能获得读者与著者底原谅罢,因此,我不敢说是批评,只敢说是感想。

浓浓的树影
做成帐幕,
绒绒的草坡
便是祭坛——
慈怜的月
穿过密叶,
照见虔诚静寂的面庞。

四无人声,
严静的天空下,
我深深叩拜——
万能的上帝!
求你丝丝织就了明月的光辉
作我智慧的衣裳,
庄严的冠冕,
我要穿着他
温柔沉静地酬应众生。

烦恼和困难,
在你的恩光中,
一齐抛弃;
只刚强自己,
保存自己,
永远在你座前
作圣洁的女儿,
光明的使者
赞美大灵!
四无人声,
严静的天空下,
只慈怜的月

照着虔诚静寂的面庞。

这首《晚祷》是载在《晨报》上的,我们把它和《笑》中的意境和《爱之实现》中的诗人底生活,和《遗书》中宛因底生活,合起来看,便领略到一种焚香默坐的生活,当她悠然穆然的坐着,面对着自然的时候,我想她底心和永久与万有息息相交通了。我们在烦忙中的人,事事受着扰乱,时时受着刺激,要得到那样宁静的生活,几乎是不可能的;能得到那种意境的时候,便是我们完全属于自己的时候。梦游一般,神往于爱和微笑之乡,而在这中间,暗暗地把性灵修养着——吐她底诗句,构造她底哲学,与神灵同化——这大概是冰心女士底生活吧!也大概是冰心女士的一切著作中的一个意境吧!

母亲底爱,小孩子底爱,这二者是冰心底一切著作中的基调。海是一个喜用的背景。

人的,神的,全人类的一体的观念是在最初就有的,我们看《笑》是小孩、老妇、和天使的三个笑容的混合;看在《超人》中她说出"人类是互相牵连着"的观念;看在《爱的实现》中诗人底"爱的实现"的文章底与两个小孩的关连;直看到她在《遗书》中所表现于宛因笔底的人生观与宇宙观——也只是一个人耶?宇宙耶?恒久耶?刹那耶?鸿濛不分的爱底实现。

冰心所描写的爱,决不是当作人生底安慰品的;她不是从人生底奋斗场中退回来,像遇难船舶底找一个避风港一样,避居在母亲的怀里。她是把人生宇宙看做爱底表现,而对于那般昧于此理的世人述说这真理的。

然而世人终是蒙昧者呵！后天的斫伤使他们不曾领会任何的劝告了。大概是为这缘故，所以冰心替他们造了这两通桥梁吧！——慈母的爱与小孩的美。

冰心虽未必有意这样做，我可是有意这样想了！

看看现在和已往的家庭吧！愚蠢的父母如何朝夕打骂他们底孩子，嫩芽般的幼稚的灵魂天天在受着伤残呵！如花的春日之朝，变成沙漠一般的苦海了，像《离家的一年》这等小说何其少呢！多创出几篇来，也可以在那些年轻而有接受力的母亲心中种下一个将来的幸福人生的种子呵！

冰心底作品大概我都喜欢。无论哪一篇，有几个特点是一见就能知道是冰心的小说的，一是白话文底清丽；一是思想底幽邃，一是气度底安闲！至于像前述那爱海与颂赞母性爱与小孩美等，更不用说了。例如：

> 昨夜的星辰好极了！暗中同坐，使我胸怀淡远，直要与太空同化。冰心你记否黑漫漫的天上，只看见一两缕白线般的波纹，卷到岸边来呢。(《遗书》第九封)
>
> 冰心呀！你不要想错了，这篇不是什么不祥的话，自古皆有死，只在乎迟早罢了。在广漠的宇宙里，生一个人，死一个人，只是在灵魂海里起了一朵浪花，又没了一朵浪花，这也是无限的自然。(同上第五封)

冰心！我不信我的一封书，就使你难过到这地步。我的朋友！我真是太不思索了。所以我说思想是空虚的，一发为文字就着迹了。若是有着迹的可能，有文字真不如无文字。（同上第六封）

我平日最羡慕海边的白鸥，因为他们底自由，他们底轻淡窈远，他们独在自然母亲底怀抱中的幸福是不可及的。冰心底文字就仿佛是白鸥。

但是艺术家之所以为艺术家，不单靠他底文字思想和胸襟；还必须有一个火星在他心中燃发——那便是想像，便是同情，便是那走进别人底灵魂中去生活别人底生活的能力；有了前者，可以做主观的诗人，有了前者而兼有了后者，才可以做客观描写的小说家。冰心是不缺乏那后者的；你看她在《离家的一年》和《烦闷》中所显露的客观描写的能力！这两篇是我所最爱读的小说，小弟弟和小姊姊底别离，青年底一日的烦闷，都是在玫瑰花似底朝上的无可遏抑的人生的悲哀呀！在艺术上，心理的描写没有《超人》那样草草，人物的摹状一个有一个的生命。小弟弟和小姊姊不必说了，偶然关及的如周先生，暂一露面的如可济和西真，连面也没有露的如可辉都各有各的个性，甚或形状都有些可以想见了。我以为，这是艺术家胸中底一点玉宝是天才与常人的判别。

有人说，冰心宜诗不宜小说。这大概是因她小说中诗趣过丰的缘故吧；我但希望她把这火星燃烧起来，将来作出巨幅的云山而不复拘于短篇的遣兴。

恕我唐突罢！我要说冰心近来底思想底进步了！记得在两三年前我第一回看见冰心女士底小说，那是在《时事新报·学灯》上，题目记不起了，情节是一个悲观厌世的神经质的男子在河滩上图自杀，在奇妙的一刹那间，他发现了河滩上可爱的一群小孩们底神圣的生命之花了。她设法使两者——一悲观，一快乐——相对照，而末了使那些小孩底玲珑可爱的小嘴中喊出天使般的声音道："先生！世界上有的是光明和快乐！"

论那篇的艺术是比较的幼稚的，然而印象之深，至今不灭。我觉得一个"爱"字，在当时已经胚胎着了；当时的作者，也许还没有现在这种绵密的思想罢？可是一种实感在她心里：所以她用纯洁无垢的心，直率地喊出来，一般地能动人，能留得久远的印象。

这个"爱"字，现在发展而成了《遗书》中的人生观与世界观了——这是两三年来的事。

> 冰心呵！想到这里，凡百都空了。我——后，只要有母亲，姑母，和你，忆念着我，我——去也是值得的。但这也是虚浮的话，忆念不忆念，于死去的人，真没有什么；精神和形质，在亲爱人的心目中，一同化烟，是最干净的事。……
>
> 我——后，不要什么记念，也不必有什么对于我的文字。
>
> 冰心呵！你不要错想了，这一篇不是什么不祥的话。

自古皆有死,只在乎迟早罢了。在广漠的宇宙里,生一个人,死一个人,只是在灵魂海里起了一朵浪花,又没了一朵浪花,这也是无限的自然。

我不是惧怕死,也更不是赞扬死。生和死只是如同醒梦和入梦一般,不是什么很重大很悲哀的事。太戈尔说的最好:'世界是不漏的,因为死不是一个罅隙。'能作如是想,还有什么悲伤的念头呢。颂美这循环无尽的世界罢!

形质上有间隔,精神上无间隔,不但人和人的精神上无间隔,人和万物的精神上,也是无间隔的。能作如是想,世界是极其淡漠,同时更是极相关连……

朋友呵,我如不写这封信,我觉得我是好像将远行的旅客,不向他的朋友告别一般。冰心!无论如何我的形质,消化在这世界的尘土里;我的精神,也调和在这太空的魂灵里;生和死都跳不出这无限之生,你我是永永无间隔的。

《遗书》是冰心最近思想底告白,我看她底生死观简直是像秋水寒潭般的澄澈,而又添上一缕前此所不曾有的静默的悲哀,更觉得美丽了。人生的苦乐原有两方面,在认识了永生之中,正是悲欢合一而成为彻悟的时候。人谁不在月夜同起悲乐杂糅的情绪?因为愈和自然同化,便是愈感得永生底微波般颤动着的手指了——这是那使我们底自我充分实现的时候——便是永生底时候。然而悲和乐正是着了迹才有的;人类底语言文字的不完全使我们不能表出非悲非乐的情绪;我们但能设法使悲乐二字融合。然而,拙了!

冰心底思想,受太戈尔影响之处当然不少,可是我们还不能说她是钻入太戈尔底圈套里面。因为从文艺上看来,冰心在她底著作中是完全属于她自己的。不曾有受别人拘束的痕迹。假如她是和太戈尔同其思想,那是因为她本来是这样的人格,所以吸收着这样的思想的,假如她果真将来亦照着太戈尔的径路而向上发展,我可相信她决不算走错了道路。

现在,一部分人在要求着"血和泪"的文学,一部分人在要求"感情奔放"的"幻想的"文学,冰心却做了些非血非泪也非幻想的一潭秋水般安定沉静的文学出来,不知在两方人看了以为怎样?

但是我,虽然要求着"血和泪"的文学,也喜欢"感情奔放"的文学;可同样的被冰心的小说和诗歌所占有了。看了"血和泪"的作品使我兴奋亢张,看了"感情奔放"的文学使我陶醉,看静默幽深的冰心的作品使这像沸水般的我底灵魂受到一阵清风的慰藉。

从社会的立脚点上看来,该当血泪的时候是应该有血泪,该当感情奔放的时候是应当感情奔放。但是"健康"是一个恒久不变的条件。我们为艺术底真价值上,为人类底前途上,都该要求健康的文学。虽然不必都像冰心那样的作品才是健康的作品,然而冰心底作品可是任如何也找不出一点"世纪末"文学的气息;为社会的缘故,我也深深的赞美了冰心底作品了。

"多照了镜子,反而不自然。"

在《繁星》中曾有这样的诗,在《遗书》中又有了这样的话。批评是作者底镜子;冰心以为"为整饬仪容,是应当照一照镜子的;但如终日的对着镜子,精神太过的倾向外方,反使人举止言笑,都不自如,渐渐的将本真丧失了。"这话我是很赞成的,以为创作者万万不可以多管人家底批评,虽然有时可以借鉴。但是批评决不止于一面镜子之用,作者底创作是动于灵思而不能已于挥写,批评者底批评也是动于作者底艺术而不能已于说出来和同感者相告语,所以创作者固不可太顾人底批评,批评者也不可太顾自己底批评是否确切。

(选自《小说月报》)

我的文学生活

——冰心全集自序

我从来没有刊行全集的意思。因为我觉得：1. 如果一个作家有了特殊的作风，使读者看了他一部分的作品之后，愿意能读他作品的全部，他可以因着读者的要求，而刊行全集。在这一点上，我向来不敢有这样的自信。2. 或是一个作家，到了中年，或老年。他的作品，在量和质上，都很可观。他自己愿意整理了，作一段结束，这样也可以刊行全集。我呢，现在还未到中年，作品的质量，也未有可观；更没有出全集的必要。

前年的春天，有一个小朋友，笑嘻嘻的来和我说："你又有新创作了，怎么不送我一本？"我问是那一本，他说是《冰心女士第一集》。我愕然，觉得很奇怪，以后听说二三集的陆续的也出来了。从朋友处借几本来看，内容倒都是我自己的创作。而选集之芜杂，序言之颠倒，题目之变换，封面之丑俗，使我看了很不痛快。上面印着"上海新文学社"，或是"北平合成书社"印行。我知道北平上海没有这些书局，这定是北平坊间的印本！

过不多时,几个印行我的作品的书局,如"北新""开明"等,来和我商量,要我控诉禁止。虽然我觉得我们的法律,对于著作权出版权,向来没有保障,控诉也不见得有效力。我却也写了委托的信,请他们去全权办理。已是两年多了,而每次到各书店摊上去,仍能看见红红绿绿的冰心女士种种的集子,由种种书店印行的,我觉得很奇怪。

去年春天,我又到东安市场去。在一个书摊上,一个年轻的伙计,陪笑的递过一本《冰心女士全集续编》来,说:"您买这么一本看看,倒有意思。这是一个女子写的。"我笑了,我说:"我都已看见过了,"他说:"这一本是新出的,您翻翻!"我接过来一翻目录,却有几段如《我不知为你洒了多少眼泪》《安慰》《疯了的父亲》《给哥哥的一封信》等,忽然引起我的注意。站在摊旁,匆匆的看了一过,我不由得生起气来!这几篇不知是谁写的,文字不是我的,思想更不是我的,让我掠美了!我生平不敢掠美,也更不愿意人家随便借用我的名字!

北新书局的主人说:"禁止的呈文上去了,而禁者自禁,出者自出!惟一的纠正办法,就是由我自己把作品整理整理,出一部真的全集。"我想这倒也是个办法。真的假的,倒是小事,回头再出一两本三续编、四续编来,也许就出更大的笑话!我就下了决心,来编一本我向来所不敢出的全集。

感谢熊秉三先生,承他老人家将香山双清别墅在桃花盛开,春光漫烂的时候,借给我们。使我能将去秋欠下的序文,从容清付。

雄伟突兀的松干,撑着一片苍绿,簇拥在栏前。柔媚的桃花,含笑的掩映在松隙里,如同天真的小孙女,在祖父怀里撒娇。左右山嶂,夹着远远的平原,在清晨的阳光下,拥托着一天春气。石桌上,我翻阅了十年来的创作;十年前,二十年前的往事,都奔凑到眼前来。我觉得不妨将我的从未道出的,许多创作的背景,呈诉给读我"全集"的人。

我从小是个孤寂的孩子,住在芝罘东山的海边上。三四岁刚懂事的时候,整年整月所看见的:只是青郁的山,无边的海,蓝衣的水兵、灰白的军舰。所听见的,只是:山风,海涛,嘹亮的口号,清晨深夜的喇叭。生活的单调,使我的思想的发展,不合常态的小女孩,同其径路。我终日在海隅山陬奔游,和水兵们做朋友。虽然从四岁起,便跟着母亲认字片,对于文字,我却不发生兴趣。还记得有一次,母亲关我在屋里,叫我认字,我却挣扎着要出去。父亲便在外面,用马鞭子重重地敲着堂屋的桌子,吓唬我。可是从未打过我头上的马鞭子,也从未把我爱跑的癖气吓唬回去!

刮风下雨,我出不去的时候,便缠着母亲或奶娘,请她们说故事。把"老虎姨","蛇郎","牛郎织女","梁山伯祝英台"等,都听完之后,我又不肯安分了。那时我已认得二三百个字,我的大弟弟已经出世,我的老师,已不是母亲,而是我的舅舅——杨子敬先生——了。舅舅知道我爱听故事,便应许我每天功课做完,晚餐之后,给我讲故事。头一部书讲的,便是《三国志》。《三国志》的故事比"牛郎织女"痛快得多。我听得晚上舍不得睡觉。每夜总是奶娘哄着,脱鞋解衣,哭着上床。而白日的功课,却做得加倍勤奋。舅舅是有职务的人,公务一忙,讲书便常常中止。有时竟然间断了五六天。我便急得热锅上的蚂蚁一般,天天晚上,在舅舅书桌边徘徊。然而舅舅并不接受我的暗示,至终我只得自己拿起《三国志》来看,那时我才七岁。

我囫囵吞枣,一知半解的直看下去。许多字形,因着重复呈现的关系,居然字义被我猜着。我越看越了解,越感着兴趣,一口气看完《三国志》,又拿起《水浒传》,和《聊斋志异》。

那时,父亲的朋友,都知道我会看《三国志》。觉得一个七岁的孩子,会讲"董太师大闹凤仪亭",是件好玩有趣的事情。每次父亲带我到兵船上去,他们总是把我抱坐在圆桌子当中,叫我讲三国。讲书的报酬,便是他们在海天无际的航行中,惟一消遣品的小说。我所得的大半是商务印书馆出版的林译说部。如《孝女耐儿传》《滑稽外史》《块肉余生述》之类。从船上回来,我欢喜的前面跳跃着;后面白衣的水兵,抱着一大包小说,笑着,跟着我走。

这时我自己偷偷的也写小说。第一部是白话的《落草山英雄传》,是介乎《三国志》,《水浒传》中间的一种东西。写到第三回,便停止了。因为"金鼓齐鸣,刀枪并举",重复到几十次,便写得没劲了。我又换了《聊斋志异》的体裁,用文言写了一部《梦草斋志异》。"某显者,多行不道",重复的写了十几次,又觉得没劲,也不写了。

此后便又尽量的看书。从《孝女耐儿传》等书的后面的"说部丛书"目录里,挑出价洋一角两角的小说,每早送信的马夫下山的时候,便托他到芝罘市唯一的新书店明善书局(?)去买。——那时我正学造句,做短文。做得好时,先生便批上"赏小洋一角"。我为要买小说,便努力作文——这时我看书看迷了,真是手不释卷。海边也不去了,头也不梳,脸也不洗;看完书,自己喜笑,自己流泪。母亲在旁边看着,觉得忧虑,竭力的劝我出去玩,我也不听。有一次母亲急了,将我手里的《聊斋志异》卷一,夺了过去,撕成两段,我趑趄的走过去,拾起地上半段的《聊斋》来又看,逗的母亲反笑了。

舅舅是老同盟会会员。常常有朋友从南边,或日本,在肉松或茶叶罐里,寄了禁书来,如《天讨》之类。我也学着他们,在夜里无人时偷看,渐渐的对于国事,也关心了。那时我们看的报,是《上海神州日报》,《民呼报》。于是旧小说,新小说,和报纸,同时并进。到了十一岁我已看完了全部《说部丛书》,以及《西游记》《水浒传》《天雨花》《再生缘》《儿女英雄传》《说岳》《东周列国志》等等。其中我最不喜欢的是《封神演义》,最觉得无味的是《红楼梦》。

十岁的时候,我的表舅,王牟逢先生从南方来。舅舅便把老师的职分让给了他。第一次他拉着我的手,谈了几句话。便对父亲夸我"吐属风流"。——我自从爱看书,一切的字形,我都注意。人家堂屋的对联;天后宫、龙王庙的匾额、碑碣;包裹果饵的招牌纸;香烟画片后面,格言式的短句子;我都记得烂熟。这些都能助我的谈锋。——但是上了几天课,多谈几次以后,表舅发现了我的"三教九流"式的学问。便委婉的劝诫我,说读书当精而不滥。于是我的读本,除了《国文教科书》以外,又添了《论语》,《左传》和《唐诗》。(还有种种新旧的散文,旧的如《班昭女诫》,新的如《饮冰室自由书》)直至那时,我才开始和《诗经》接触。

牟逢表舅是我有生以来,第一个好先生!因着他的善诱,我发疯似的爱了诗。同时对于小说的热情,稍微的淡了下去。我学对对子,看诗韵。父亲和朋友们,开诗社的时候,也许我旁边。我要求表舅教给我做诗,他总是不肯,只许我做论文。直到我在课外,自己做了一两首七绝,呈给他看,他才略替我改削改削。这时我对于课内书的兴味,最为浓厚。又因小说差不多的已都看过,便把小说无形中丢开了。

辛亥革命起,我们正在全家回南的道上。到了福州,祖父书房里,满屋满架的书,引得我整天黏在他老人家身边,成了个最得宠的孩儿。但是小孩子终是小孩子,我有生以来,第一次和姊妹们接触。(我们大家庭里,连中表,有十来个姊妹。)这调脂弄粉,添香焚麝的生活,也曾使我惊异沉迷。新年,元夜,端午,中秋的烛光灯影,使我觉得走入古人的诗中!玩的时候多,看书的时候便少。此外因为我又进了几个月的学校,——福州女师——开始接触了种种的浅近的科学,我的注意范围,无形中又加广了。

一九一三年,(民国二年)全家又跟着父亲到北京来。这一年中没有正式读书。我的生活是:弟弟们上课的时候,我自己看杂志。如母亲定阅的《妇女杂志》《小说月报》之类;从杂志后面的"文苑栏",我才开始知道"词",于是又开始看各种的词。等到弟弟们放了学,我就给他们说故事。不是根据着书,却也不是完全杜撰。只是将我看过的新旧译著几百种的小说,人物布局,差来错去的胡凑,也自成片段,也能使小孩子们,聚精凝神,笑啼间作。

一年中，讲过三百多段信口开河的故事。写过几篇从无结局的文言长篇小说——其中我记得有一篇《女侦探》，一篇《自由花》。是一个女革命家的故事——以后，一九一四年的秋天，我便进了北平贝满女中。教会学校的课程，向来是严谨的，我的科学根底又浅；同时开始在团体中，发现了竞争心，便一天到晚的，尽做功课。

　　中学四年之中，没有显著地看什么课外的新小说。（这时我爱看笔记小记，以及短篇的旧小说，如《虞初志》之类）我所得的只是英文知识，同时因着《基督教义》的影响，潜隐的形成了我自己的"爱"的哲学。

　　我开始写作是一九一九年，五四运动以后。——那时我在协和女大，后来并入燕京大学，称为燕大女校。——五四运动起时，我正陪着二弟，住在德国医院养病，被女校的学生会，叫回来当文书。同时又选上女学界联合会的宣传股。联合会还叫我们将宣传的文字，除了会刊外，再找报纸去发表。我找到《晨报副刊》，因为我的表兄刘放园先生是《晨报》的编辑。那时我才正式用白话试作，用的是我的学名谢婉莹，发表的是职务内应作的宣传的文字。

　　放园表兄，觉得我还能写，便不断的寄《新潮》《新青年》《改造》等，十几种新出的杂志，给我看。这时我看课外书的兴味，又突然浓厚起来，我从书报上，知道了杜威，和罗素，也知道了托尔斯泰，和太戈尔。这时我才懂得小说里是有哲学的。我的爱小说的心情，又显著的浮现了。我酝酿了些时，写了一篇小说《两个家庭》，很羞怯的交给放园表兄。用冰心为笔名。一来是因为冰心两字，笔画简单好写，而且是"莹"字的含义。二来是我太胆小,怕人家笑话批评;冰心这两个字,是新的,人家看到的时候,不会想到这两字和谢婉莹有什么关系。

稿子寄去后,我连问他们要不要的勇气都没有!三天之后,居然登出了。在报纸上看到自己的创作,觉得有说不出的高兴。放园表兄又竭力的鼓励我再作。我一口气又做了下去,那时几乎每星期有出品,而且多半是问题小说,如《斯人独憔悴》《去国》《庄鸿的姊姊》之类。

这时做功课,简直是敷衍,下了学,便把书本丢开,一心只想做小说。眼前的问题做完了,搜索枯肠的时候,一切回忆中的事物,都活跃了起来。快乐的童年,大海,荷枪的兵士,供给了我许多的单调的材料,回忆中又渗入了一知半解,肤浅零碎的哲理。第二期——一九二〇—一九二一——的作品,小说便是《国旗》《鱼儿》《一个不重要的兵丁》,等等,散文便是《无限之生的界线》《问答词》,等等。

谈到零碎的思想;联要带着说一说《繁星》和《春水》。这两本"零碎的思想",使我受了无限的冤枉!我吞咽了十年的话,我要倾吐出来了。《繁星》《春水》不是诗。至少是那时的我,不在立意做诗。我对于新诗,还不了解,很怀疑,也不敢尝试。我以为诗的重心,在内容而不在形式。同时无韵而冗长的诗,若是不分行来写,又容易与"诗的散文"相混。我写《繁星》,正如跋言中所说,因着看太戈尔的《飞鸟集》,而仿用他的形式,来收集我零碎的思想(所以《繁星》第一天在《晨报副刊》登出的时候,是在"新文艺"栏内。)登出的前一夜,放园从电话内问我"这是什么?"我很不好意思的,说:"这是小杂感一类的东西……。"

我立意做诗,还是受了《晨报副刊》记者的鼓励。一九二一年六月念三日,我在西山写了一段《可爱的》,寄到《晨报副刊》去,以后是这样的登出了,下边还有记者的一段按语:

可爱的
除了宇宙,
最可爱的只有孩子。
和他说话不必思索,
态度不必矜持。
抬起头来说笑,
低下头去弄水。
任你深思也好,
微讴也好;
驴背上,
山门下,
偶一回头望时,
总是活泼泼地,
笑嘻嘻地。

"这篇小文,很饶诗趣,把他一行行的分写了,放在诗栏里也没有不可。分写连写,本来无甚关系,是诗不是诗,须看文字的内容。好在我们分栏,只是分个大概,并不限定某栏必当登载怎样怎样一类的文字。杂感栏也曾登过些极饶诗趣的东西,本栏与诗栏,不是今天才打通的。记者"

于是畏怯的我,胆子渐渐的大了,我也想打开我心中的文栏与诗栏。几个月之后,我分行写了几首《病的诗人》。第二首是有韵的,因为我终觉得诗的形式,无论如何自由,而音韵在可能的范围内,总是应该有的。此后陆续的又做了些,但没有一首自己觉得满意的。

那年,文学研究会同人,主持《小说月报》。我的稿子,也常在那上面发表。那时的作品,仍是小说居多,如《笑》《超人》《寂寞》等,思想和从前差不了多少。在字句上,我自己似乎觉得,比从前凝练一些。

一九二三年秋天,我到美国去。这时我的注意力,不在小说,而在通讯。因为我觉得用通讯体裁来写文字,有个对象,情感比较容易着实。同时通讯也最自由,可以在一段文字中,说许多零碎的有趣的事。结果,在美三年中,写成了二十九封寄小读者的信。我原来是想用小孩子口气,说天真话的,不想越写越不像!这是个不能避免的失败。但是我三年中的国外的经历,和病中的感想,却因此能很自由的速记了下来,我觉得欢喜。

这时期中的作品,除通讯外,还有小说,如《悟》《剧后》等。诗则很少,只有《赴敌》《赞美所见》等。还有《往事》的后十则,——前二十则,是在国内写的——那就是放大了的《繁星》和《春水》,不知道读者觉得不觉得？——在美的末一年，大半的光阴，用在汉诗英译里。创作的机会就更少了。

一九二六年，回国以后直至一九二九年，简直没有写出一个字。若有之，恐怕只是一两首诗如《我爱，归来吧，我爱》《往事集自序》等。缘故是因为那时我忙于课务，家又远在上海，假期和空下来的时间，差不多都用在南下北上之中，以及和海外的藻通信里。如今那些信件，还堆在藻的箱底。现在检点数量，觉得那三年之中，我并不是没有创作！

一九二九年六月，我们结婚以后，正是两家多事之秋。我的母亲和藻的父亲相继逝世。我们的光阴，完全用在病苦奔波之中。这时期内我只写了两篇小说，《三年》和《第一次宴会》。

此后算是休息了一年，一九三一年二月，我的孩子宗生便出世了。这一年中只写了一篇《分》，译了一本《先知》，(The Prophet) 写了一篇《南归》，是纪念我的母亲的。

以往的创作，原不止这些，只将在思想和创作的时期上，有关系的种种作品，按着体裁，按着发表的次序，分为四部；(一)小说之部，共有《两个家庭》等二十九篇。(二)诗之部，有《迎神曲》等三十四首，附《繁星》和《春水》。(三)散文之部，有《遥寄印度哲人太戈尔》。(四)通讯之部，就是寄小读者的信二十九封，附《山中记事》十则。开始写作以后的作品，值得道及的，尽于此了。

从头看看十年来自己的创作，和十年来国内的文坛，我微微的起了感慨。我觉得我如同一个卖花的老者，挑着早春的淡溺的花朵，歇担在中途。在我喘息挥汗之顷,我看见许多少年精壮的园丁,满挑着鲜艳的花,葱绿的草和红熟的果儿,从我面前如飞的过去。我看见只有惊讶,只有艳羡,只有悲哀。然而我仍想努力!我知道我的弱点,也知我的长处。我不是一个有学问的人,也没有喷溢的情感,然而我有坚定的信仰和深厚的同情。在平凡的小小的事物上,我仍然宝贵着自己的一方园地。我要栽下平凡的小小的花,给平凡的小小的人看!

我敬谨致谢于我亲爱的读者之前!十年来,我曾得到许多褒和贬的批评。我惭愧我不配受过分的赞扬。至于对我作品缺点的指摘,虽然我不曾申说过半句话,只要是批评中没有误会,在沉默里,我总是满怀着乐意在接受。

我也要感谢许多小读者!年来接到你们许多信函,天真沉挚的言词,往往使我看了,受极大的感动。我知道我的笔力,宜散文而不宜诗。又知道我认识孩子烂漫的天真,过于大人复杂的心理。将来的创作,仍要多在描写孩子上努力。

重温这些旧作,我又是如何的,追想当年戴起眼镜,含笑看稿的母亲!我虽然十年来讳莫如深,怕在人前承认,怕人看见我的未发表的稿子。而我每次做完一篇文字,总是先捧到母亲的面前。她是我的最忠实最热诚的批评者,常常指出了我文字中许多的牵强与错误。假如这次她也在这里,花香鸟语之中,廊前倚坐,听泉看山。同时守着她唯一爱女的我,低首疾书,整理着十年来的乱稿,不知她要如何的适意,喜欢!上海虹桥的坟园之中,数月来母亲温静的慈魂,也许被不断的炮声惊碎,今天又是清明节,二弟在北平城里,陪着父亲;大弟在汉口;三弟还不知在大海的那一片水上,一家子飘萍似的分散着!不知上海兵燹之余;可曾有人在你的坟头,供上花朵!……安眠罢,我的慈母!上帝永远慰护你温静的灵魂。

最后我要谢谢纪和江,两个陪我上山,宛宛婴婴的女孩子。我写序时,她们忙忙的抄稿。我写倦了的时候,她们陪我游山。花里,泉边,她们娇脆的笑声,唤回我十年前活泼的心情,予我以无边的快感。我一生只要孩子们追随着我,我要生活在孩子的群中。

(选自《青年界》第二卷第三期)

模范小说选 · 郁达夫

过　去

1　空中起了凉风,树叶煞煞的同雹片似的飞掉下来,虽然是南方的一个小港市里,然而也能够使人感到冬晚的悲哀的一天晚上,我和她,在临海的一间高楼上吃晚饭。

2　这一天的早晨,天气很好,中午的时候,只穿得住一件夹衫,但到了午后三四点钟,忽而由北面飞来了几片灰色的层云,把太阳遮住,接着就刮起风来了。

3　这时候,我为疗养呼吸器病的缘故,只在南方的各港市里流寓。十月中旬,由北方南下,十一月初到了C省城,却巧遇着了C省的政变,东路在打仗,省城也不稳,所以迁到H港去住了几天。后来又因为H港的生活费太昂贵,便又坐了汽船,一直的到了M港市。

4　说起这M港,大约是大家所知道的,是中国人应许外国人来互市的最初的地方的一个,所以这港市的建筑,还带着些当时的时代性,很有一点中古的遗意。前面左右是碧油油的海湾,港市中,也有一条小山,三面滨海的通衢里,建筑着许多颜色很沉郁的洋房。商务已经不如从前的盛了。然而富室和赌场很多。所以处处有庭园,处处有别墅。沿港的街上,有两列大的榕树排列在那里。在榕树下的长椅上休息着的,无论中国人外国人,都带有些舒服的态度。正因为商务不盛的原因,这些南欧的流人,寄寓在此地的,也没有那一种殖民地的商人的紧张横暴的样子。一种衰颓的美感,一种使人可以安全居下去,于不知不觉的中间消沉下去的美感,在这港市的无论那一角地方,都感觉得出来。我到此港不久,心里头就暗暗地决定"以后不再迁移了,以后就在此住下去罢"。谁知住不上几天,却又偏偏遇见了她。

5 实在是出乎意想以外的奇遇,一天细雨濛濛的日暮,我从西面小山上的一家小旅馆内走下山来,想到市上去吃晚饭去。经过行人很少的那条 P 街的时候,临街的一间小洋房的栅门口,忽而从里面慢慢的走出了一个女人来。她身上穿着灰色的雨衣,上面张着洋伞,所以她的脸我看不见。大约是在栅门内,她已经看见了我了——因为这一天我并不带伞——所以我在她前头走了几步,她忽而问我:

6 "前面走的是不是李先生?李白时先生!"

7 我一听了她叫我的声音,仿佛是很熟,但记不起是那一个人,同触了电气似的急忙回转头来一看,看见了衬映在黑洋伞下的一张灰白的小脸,已经是夜色朦胧的时候了,我看不清她的颜面全部的组织,不过她的两只大眼睛,却闪烁得厉害,并且不知从何处来的,和一阵冷风似的一种电力,把我的精神摇动了一下。

8 "你……?"我半吞半吐地问她。

9 "大约认不清了罢！上海民德里的那一年新年,李先生可还记得？"

10 "噢！唉！你是老三么？你何以会到这里来的？这真奇怪！这真奇怪极了！"

11 说话的中间,我不知不觉的转过身来逼进了一步,并且伸出手来把她那只带轻皮手套的左手握住了。

12 "你上什么地方去？几时来此地的？"她问。

13 "我打算到市上去吃晚饭去,来了好几天了,你呢？你上什么地方去？"

14 她经我一问,一时间回答不出来,只把嘴颚往前面一指,我想起了在上海的时候的她的怪脾气,就也不再追问,和她一路的向前边慢慢地走去。两人并着默走了几分钟,她才幽幽的告诉我说：

15 "我是上一位朋友家去打牌去的,真想不到此地会和你相见。李先生,这两三年的分离,把你的容貌变得极老了,你看我怎么样？也完全变过了吧？"

16 "你倒没有什么,唉,老三,我吓,我真可怜,这两三年来……"

17 "这两三年来的你的消息,我也知道一点。有的时候,在报纸上也看见过一二回你的行踪。不过李先生,你怎么会到此地来的呢？这真太奇怪了。"

18 "那么你呢？你何以会到此地来的呢？"

19 "前生注定是吃苦的人,譬如一条水草,浮来浮去,总生不着根。我的到此地来，说奇怪也是奇怪，说应该也是应该的。李先生，住在民德里楼上的那一位胖子，你可还记得？"

20 "嗯，……是那一位南洋商人不是？"

21 "哈，你的记性真好！"

22 "他现在怎么样了？"

23 "是他和我一道来此地的呀！"

24 "噢！这也是奇怪。"

25 "还有更奇怪的事情哩！"

26 "什么？"

27 "他已经死了！"

28 "这……这么说起来，你现在只剩了一个人了啦？"

29 "可不是么！"

30 "唉！"

31 两人又默默地走了一段，走到去大市街不远的三叉路口了。她问我住在什么地方，打算明天午后来看我。我说还是我去访她，她却很急促的警告我说：

32 "那可不成，那可不成，你不能上我那里去。"

33 出了 P 街以后，街上的灯火已经很多，并且行人也繁杂起来了。所以两个人没有握一握手，笑一脸的机会。到了分别的时候，她只约略点了一点头，就向南面的一条长街上跑了进去。

34 经了这一回奇遇的挑拨，我的平稳得同山中的静水湖似的心里，又起了些波纹。回想起来，已经是三年前的旧事了，那时候她的年纪还没有二十岁,住在上海民德里我在寄寓着的对门的一间洋房里。这一间洋房里,除了她一家的三四个年轻女子以外,还有二楼上的一家华侨的家族在住。当时我也不晓得谁是房东,谁是房客,更不晓得她们几个姐妹的生计是如何维持的。只有一次,是我和她们的老二认识以后,约有两个月的时候,我在她们的厢房里打牌,忽而来了一位穿得很阔绰的中年绅士,她们为我介绍,说这一位是她们的大姊夫。老大见他来了,果然就抛弃了我们,到对面的厢房里去和他攀谈去了,于是老四就坐下来替了她的缺。听她们说,她们都是江西人,而大姐夫的故乡却是湖北。他和她们大姊的结合,是当他在九江当行长的时候。

35 我当时刚从乡下走出来,在一家报馆里当编辑。民德里的房子,是报馆总经理友人陈君的住宅。当时因为我上海情形不熟,不能另外去租房子住,所以就寄住在陈君的家里。和她们对门而居,时常往来,因此我也于无意之中,和她们中间最活泼的老二认识了。

36 听陈君的底下人说:"她们的老大,仿佛是那一位银行经理的小,她们一家四口的生活费,和她们一位小弟弟的学费,都由这位银行经理负担的。"

37 她们姊妹四个,都生得很美,尤其活泼可爱的,是她们的老二。大约因为生得太美的原因,自老二以下,她们姊妹三个,全已到了结婚的年龄,而仍找不到一个适当的配偶者。

38 我一边在回想这些过去的事情,一边已经走到了长街的中心,最热闹的那一家百货的门口了。在这一个黄昏细雨里,只有这一段街上的行人,还没有减少。两旁店家的灯火,照耀得很明亮,反照出了些离人的孤独的情怀。向东走尽了这条街,朝南一转,右手矗立着一家名叫望海的大酒楼。这一家的三四层楼上,一间一间的小室很多,开窗看去,看得见海里的帆樯,是我到 M 港后,去得次数最多的一家酒馆。

39　我慢慢的走到楼上坐下,叫好了酒菜,点着烟卷,朝电灯光呆看的时候,民德里的事情又重新开展在我的眼前。

40　她们姊妹中间,当时我最爱的是老二。老大已经有了主顾,对她当然更不能生出什么邪念来,老三有点阴郁,不像一个年轻的少女,老四年纪和我相差太远——她当时只有十六岁——自然不能发生相互的情感,所以当时我所热心崇拜的只有老二。

41　她们的脸形,都是长方,眼睛都是很大,鼻梁都是很高,皮色都是很细白,以外貌来看,本来都是一样的可爱的。可是各人的性格,却相差得很远。老大和蔼,老二活泼,老三阴郁,老四——说不出什么,因为当时我并没有对老四注意。

42　老二的活泼,在她的行动,言语,嬉笑上,处处都在表现。凡当时在民德里住的年纪在二十七八上下的男子,和老二见过一面的人,没有一个不受她的播弄的。

43　她的身材虽则不高,然而也够得上我们一般男子的肩头,若穿着高底鞋的时候,走路简直比西洋女子要快一倍。说话不顾什么忌讳,比我们男子的同学中间的日常言语还要直率。若有可笑的事情,被她看见,或在谈话的时候,听到一句笑话,不管在她面前的是生人不是生人,她总是露出她的两列可爱的白细牙齿,弯腰捧肚,笑个不了,有时候竟会把身体侧倒,扑倚上我的身来,陈家有几次请客,我因为受她的这一种态度的压迫受不了,每有中途逃席,逃上报馆去的事情,因此我在民德里住不上半年,陈家的大小上下,却为我取了一个别号,叫我作老二的鸡娘。因为老二像一只雄鸡,有什么可笑的事情发生的时候,总要我做她的倚柱,扑上身来笑个痛快。并且平时她总拿我来开玩笑,在众人的面前,老喜欢把我的不灵敏的动作和我说错的言语重述出来作哄笑的资料。不过说也奇怪,她像这样的玩弄我,轻视我,我当时不但没有恨她的心思,并且还时时以为荣耀,快乐。我当一个人在默想的时候,每把这些琐事回想出来,心里倒反非常感激她,爱慕她,后来甚至于打牌的时候,她要什么牌,我就非打什么牌给她不可。万一我有违反她命令的时候,她竟毫不客气地举起她那只肥嫩的手,拍拍的打上我的脸来。而我呢,受了她的痛责之后,心里反感到一种不可名状的满足,有时候因为想受她这一种施与的原因,故意地违反她的命令,要她来打,或用了她那一只尖长的皮鞋来踢我的腰部。若打得不够踢得不够,我就故意的说:"不痛!不够!再踢一下!再打一下!"她也就毫不客气地,再举起手或脚来踢打。我被打得两颊绯红,或腰部感到酸痛的时候,才柔柔顺顺地服从她的命令,再来做她想我做的事情。像这样的时候,倒是老大或老三每在旁边吓止她,教她不要太过分了,而我这被打责的,反而要很诚恳的央告她们,不要出来干涉。

44 记得有一次,她要出门去和一位朋友吃午饭,我正在她们家里坐着闲谈,她要我去上她姊妹房里把一双新买的皮鞋拿来替她穿上。这一双皮鞋,似乎太小了一点,我捏了她的脚替她穿了半天,才穿上了一只。她气得急了,就举起手来。向我的伏在她小腹前的脸上头上脖子上乱打起来。我替她穿好第二只的时候,脖子上已经有几处被她打得青肿了。到我站起来,对她微笑着,问她"穿得怎么样"的时候,她说:"右脚尖有点痛!"我就挺了身子,很正经地对她说:"踢两脚吧!踢得宽一点,或者可以好些!"

45 说到她那双脚,实在不由人不爱。她已经有二十多岁了,而那双肥小的脚,还同十二三岁的小女孩的脚一样。我也曾为她穿过丝袜,所以她那双肥嫩白皙,脚尖很细,脚跟很厚的肉脚,时常作我幻想的中心,从这一双脚,我能够想出许多离奇的梦境来。譬如在吃酒的时候,我一见了粉白油润的香稻米饭,就会联想到她那双脚上去。"万一这碗里,"我想,"万一这碗里盛着的,是她那双嫩脚,那么我这样的在这里咀吮,她必要感到一种奇怪的痒痛。假如她横躺着身体,把这一双肉脚伸出来任我咀嚼的时候,从她那两条很曲的口唇线里,必要发出许多真不真假不假的喊声来。或者转起身来,也许狠命的在头上打我一下的。……"我一想到此地饭就要多吃一碗。

46 像这样活泼放达的老二,像这样柔顺蠢笨的我,这两人中间的关系,在半年里发生出来的这两人中间的关系,当然可以想见得到了。况我当时,还未满二十七岁,还没有娶亲,对于将来的希望,还很有自负心哩!

47 当在陈家起坐室里说笑话的时候,我的那位友人的太太,也曾向我们说过,"老二,李先生若做了你的男人,那他就天天可以替你穿鞋着袜了,并且还可以做你的出气洞,白天晚上,都可以受你踢打,岂不很好么?"老二听到这些话,总老是笑着,对我斜视一眼说:"李先生不行,太笨,他不会伺候人。我倒很愿意受人家的踢打,只教有一位能够命令我,教我心服的男子就好了。"在这样的笑谈之后,我心里总满感着忧郁,要一个人跑到马路去走半天,才能把胸中的郁闷遣散。

48 有一天礼拜六的晚上,我和她在大马路市政厅听音乐出来。老大老三都跟了一位她们大姐夫的朋友看电影去了。我们走到一家酒馆的门口,忽而吹来了两阵冷风,这时候正是九十月之交的秋晚的时候,我就拉住了她的手,颤抖着说:"老二!我们上去吃一点热的东西再回去罢!"她也笑了一笑:"去吃点热酒罢!"我在酒楼上吃了两杯热酒之后,把平时的那一种木讷怕羞的态度除掉了,向前后左右看了一看,看见空洞的楼上,一个人也没有,就挨近了她的身边,对她媚视着,一边发着颤声,一句一逗的对她说:"老二!我……我的心,你可能了解?我,我,我很想……很想和你长在一块儿!"她举起眼睛来看了我一眼,又曲了嘴唇的两条线在口角上含着播弄人的微笑,回问我说:"长在一块便怎么啦?"我大了胆,便摆过嘴去和她亲了一个嘴,她竟劈面的打了我一个嘴巴。楼下的伙计,听了拍的这一声大响声,就急忙的跑了上来,问我们:"还要什么酒菜?"我忍着眼泪,还是微微地笑着对伙计说:"不要了,打手巾来!"等到伙计下去的时候,她仍旧是不改常态的对我说:"李先生!不要这样,下回你若再干这些事情,我还要打得凶哩！"我也只好把这事当作了一场笑话，很不自然地把我的感情压住了。

49　凡她对我的这些感情，和这些感情所催发出来的行为动作，旁人大约是看得很清楚的。所以老三虽则是一个很沉郁，脾气很特别，平时说话老是阴阳怪气的女子，对我与老二中间的事情，有时却很出力为我们拉拢。有时见了老二那一种打得太狠，或者嘲弄得我太难堪的动作，也着实为我打过几次抱不平，极婉曲周到地说出话来非难老二。而我这不识好丑的笨伯，当这些时候心里头非但不感谢老三，还要以为她是多事，出来干涉人家的自由行动。

50　在这一种情形之下，我和她们四姊妹，对门而住，来往交际了半年多，那一年的冬天，老二忽然与一个新自北京来的大学生订婚了。

51　这一年旧历新年前后的我的心境，当然是惑乱得不堪，悲痛得非常。当沉闷的时候，邀我去吃饭，邀我去打牌，有时候也和我两人去看电影的，倒是平时我所不大喜欢，常和老二两人叫她做阴私鬼的老三。而这一个老三，今天突然的在这个南方的港市里，在这一个细雨朦胧的秋天的晚上，偶然遇见了。

52　想到了这里，我手里拿着的那支纸烟，已经烧剩了半寸的灰烬，面前杯中倒上的酒，也已经冷了。糊里糊涂的喝了几口酒，吃了两三筷菜，伙计又把一盘生翅汤送了上来。我吃完了晚饭，慢慢的冒雨走回旅馆来，洗了手脸，换了衣服，躺在床上，翻来覆去，终于一夜没有合眼。我想起了那一年的正月初二，老三和我两人上苏州去的一夜旅行。我想起了那一天晚上,两人默默的在电灯下相对的情形。我想起了第二天早晨起来,她在她的帐子里叫我过去,为她把掉在地下的衣服捡起来的声气。然而我当时终于忘不了老二,对于她的这种种好意的表示,非但没有回报她一二,并且简直没有接受她的余裕。两个人终于白旅行了一次,感情终于没有接近,那一天午后,就匆匆的依旧同兄妹似的回到上海来了。过了元宵节,我因为胸中苦闷不过,便在报馆里辞了职,和她们姊妹四人,也没有告别,一个人连行李也不带一件,跑上北京的冰天雪地里去,想去把我的过去的一切忘了,把我的全部的烦闷葬了。嗣后两三年来,东飘西泊,却还没有在一处住过半年以上。无聊之极,也学学时髦,把我的苦闷写出来,做点小说卖卖。然而于不知不觉的中间,终于得了呼吸器的病症。现在飘流到了这极南的一角,谁想得到再会和这老三相见于黄昏的路上的呢!啊,这世界虽说很大,实在也是很小,两个浪人,在这样的天涯海角,也居然再能重见,你说奇也不奇。我想前想后,想了一夜,到天色有点微明,窗下有早起的工人经过的时候,方才昏昏地睡着。也不知睡了几久,在梦里忽而听到了几声咯咯的叩门声。急匆匆夹着条被,坐起来一看,夜来的细雨,已经晴了,南窗里有两条太阳光线,灰黄黄的晒在那里。我含糊地叫了一声:"进来!"房门老是不往里开。再等了几分钟,房门还是不向里开,我才觉得奇怪了,就披上衣服,走下床来。等我两脚刚立定的时候,房门却慢慢的开了。跟着门进来的,一点儿也不错,依旧是阴阳怪气,含着半脸神秘的微笑的老三。

53 "啊,老三!你怎么来得这样早?"我惊喜地问她。

54 "还早么?你看太阳都斜了啊!"

55 说着,她就慢慢地走进了房来,向我的上下看了一眼,笑了一脸,就仿佛害羞似的去窗面前站住,望向窗外去了。窗外头夹一重走廊,遥遥望去,底下就是一家富室的庭园,太阳很柔和的晒在那些未凋落的槐花树和杂树的枝叶上。

56 她的装束和从前不同了。一件芝麻呢的女外套里,露出了一条黑白花丝的围巾来,上面穿的是半西式的八分短袄,裙子系黑印度缎的长套裙。一顶淡黄绸的女帽,深盖在额上,帽子的卷边下,就是那一双迷人的大眼,瞳人很黑,老在凝视着什么似的大眼。本来是长方的脸,因为有那顶帽子深覆在眼上,所以看去仿佛是带点圆味的样子。两三年的岁月,又把她那两条从鼻角斜拖向口角去的纹路刻深了。苍白的脸色,想是昨夜来打牌辛苦了的原因。本来是中等身材不肥不瘦躯体,大约是我自家的身体缩矮了罢,看起来仿佛比从前高了一点。她背着我呆立在窗前。我看看她的肩背,觉得是比从前瘦了。

57 "老三你站在那里干什么?"我扣好了衣裳,向前挨近了一步,一边把右手拍上她的肩去,劝她脱外套,一边就这样问她。她也前进了半尺,把我的右手轻轻地避脱,转过来笑着说:

58 "我在这里算账。"

59 "一清早起来就算账?什么账?"

60 "昨晚上的赢账。"

61 "你赢了么?"

62 "我那一回不赢?只有和你来的那回却输了。"

63 "噢,你还记得那么清?输了多少给我?那一回?"

64 "险些儿输了我的性命!"

65 "老三!"

66 "……"

67 "你这脾气还没有改过,还爱说这些死话。"

68 以后她只是笑着不说话,我拿了一把椅子,请她坐了,就上西角上水盆里去嗽口洗脸。

69 一忽儿她又叫我说:

70 "李先生!你的脾气,也还没有改过,老爱吸这些纸烟。"

71 "老三!"

72 "……"

73 "幸亏你还没有改过,还能上这里来。要是昨天遇见的是老二哩,怕她是不肯来了。"

74 "李先生!你还没有忘记老二么?"

75 "仿佛还有一点记得。"

76 "你的情义真好?"

77 "谁说不好来着?"

78 "老二真有福分!"

79 "她现在什么地方?"

80 "我也不知道,好久不通信了,前二三个月,听说还在上海。"

81 "老大老四哩!"

82 "也还是那一个样子,仍复在民德里。变化最多的,就是我呵!"

83 "不错,不错,你昨天说不要我上你那里去,这又为什么来着?"

84 "我不是不要你去,怕人家要说闲话。你应该知道,阿陆的家里,人是很多的。"

85 "是的,是的,那一位华侨姓陆罢。老三,你何以又会看中了这一位胖先生的呢?"

86 "像我这样的人,那里有看中看不中的好说,总算是做了一个怪梦。"

87 "这梦好么?"

88 "又有什么好不好,连我自己都莫名其妙。"

89 "你莫名其妙,怎么又会和他结婚的呢?"

90 "什么叫结婚呀。我不过当了一个礼物,当了一个老大和大姊夫的礼物。"

91 "老三!"

92 "……"

93 "他怎么会这样的早死的呢?"

94 "谁知道他,害人的。"

95 因为她说话的声气消沉下去了,我也不敢再问。等衣服换好,手脸洗毕的时候,我从衣袋里拿出表来一看,已经是二点过了三个字了。我点上一支烟卷,在她的对面坐下,偷眼向她一看,她那脸神秘的笑容,已经看不见一点踪影。下沉的双眼,口角的深纹,和两颊的苍白,完全把她画成了一个新寡的妇人。我知道她在追怀往事,所以不敢打断她的思路。默默地吸了半刻钟烟,她忽而站起来说:"我要去了!"她说话的时候,身体已经走到了门口。我追上去留她,她脸也不回转来看我一眼。竟匆匆地出门去了。我又追上扶梯跟前叫她等一等,她到了楼梯底下,才把那双黑漆漆的眼睛向我看了一眼,并且轻轻地说:"明天再来吧!"

96　自从这一回之后,她每天差不多总抽空上我那里来。两人的感情,也渐渐的融洽起来了。可是无论如何,到了我想再逼进一步的时候,她总马上设法逃避,或筑起城堡来防我。到我遇见她之后,约莫将十几天的时候,我的头脑心思,完全被她搅乱了。听说有呼吸器病的人,欲情最容易兴奋,这大约是真的。那时的我实在再也不能忍耐了,所以那一天的午后,我怎么也不放她回去,一定要她和我同去吃晚饭。

97　那一天的早晨,天气很好。午后她来的时候,却热得厉害。到了三四点钟,天上起了云障,太阳下山之后,空中刮起风来了。她仿佛也受了这天气变化的影响,看她只是一阵阵的消沉下去,她说了几次要去,我拼命的强留着她,末了她似乎也觉得无可奈何,就俯伏了头,尽坐在那里默想。

98　太阳下山了。房角落里,阴影爬了出来。南窗外看得见的暮天半角,还带着些微紫色。同旧棉花似的一块灰黑的浮云,静静的压到了窗前。风声呜呜的从玻璃窗里传透过来,两人默坐在这将黑未黑的世界里,觉得我们以外的人类万有,都已经死灭尽了。在这个沉默的,向晚的,暗暗的悲哀海里,不知沉浸了几久,忽而电灯像雷击似的放光亮了。我站起了身子,拿了一件我的黑呢旧斗篷,从后边替她披上;再伏下身去,用我的两手,向她的胁下一抱,想乘势从她的右侧,把头靠向她的颊上去的,她却同梦中醒来似的蓦地站了起来,用力把我一推。我生怕她要再跑出门,跑回家去,所以马上就跑上房门口去拦住。她看了我这一种混乱的态度,却笑起来了。虽则兀立在灯下的姿势还是严不可犯的样子,然而她的眼睛在笑了,脸上的筋肉的紧张也松懈了,口角上也有笑容了。因此我就大了胆,再走近她的身边,用一只手夹斗篷的围抱住她,轻轻的在她耳边说:

99 "老三!你怕么?你怕我么?我以后不敢了,不再敢了,我们一道上外面去吃晚饭去吧!"

100 她虽然不响,一面身体却很柔顺地由我围抱着。我挽她出了房门,就放开了手。由她走在前头,走下扶梯,走出到街上去。

101 我们两人,在日暮的街道上走,绕远了道,避开那条 P 街,一直到那条 M 港最热闹的长街的中心止,不敢并步讲一句话。街上的灯火,共都灿烂地在放寒冷的光,天风还是呜呜的吹着,街路树的叶子,息索息索很零乱的散落下来,我们两人走了半天,才走到望海酒楼的三楼上一间滨海的小室里坐下。

102 坐下来一看,她的头发已经为凉风吹乱。瘦削的双颊,尤显得苍白,她要把斗篷脱下来,我劝她不必,并且教伙计马上倒了一杯白兰地来给她喝；她把热茶和白兰地喝了，又用手巾在头上脸上擦了一擦，静坐了几分钟，才把常态恢复，那一脸神秘的笑和炯炯的两道眼光，又在寒冷空气里散放起电力来了。

103　"今天有点冷啊！"我开口对她说。

104　"你也觉得冷的么？"

105　"怎么我会不觉得冷的呢？"

106　"我以为你是比天气还要冷些。"

107　"老三！"

108　"……"

109　"那一年在苏州的晚上，比今天怎么样？"

110　"我想问你来着！"

111　"老三！那是我的不好，是我，我的不好。"

112　"……"

113　她尽是沉默着不响，所以我也不能多说。在吃饭的中间，我只是献着媚，低着声，诉说当时在民德里的时候的情形。她到吃完饭的时候止，总共不过说了十几句话，我想把她的记忆唤起，把当时她对我的旧情复燃起来，然而看她脸上的表情，终于不为我所动。到末了我被她弄得没法了，就半用暴力，半用含泪的央告，一定要求她不要回去，接着就同拖也似的把她夹上了望海酒楼间壁的一家外国旅馆的楼上。

114　夜深了，外面的风还在萧骚地吹着。五十支的电光，到了后半夜加起亮来，反照得我心里异常的寂寞。室内的空气，也增加了寒冷,她还是穿了衣服,隔着一条被,朝里床躺在那里。我扑过去了几次,总被她推翻下来,到最后的一次她却哭起来了。一边哭,一边又断断续续的说:

115 "李先生!我们的……我们的事情,早已……早已经结束了。那一年,要是那一年……你能……你能够像现在一样的爱我,那我……我也……不会……不会吃这一种苦的。我……我……你晓得……我……我……这两三年来!……"

116 说到这里,她抽咽得更加厉害,把被窝蒙上头去,索性任情哭了一个痛快。我想想她的身世,想想她目下的状态,想想过去她对我的情节,更想想我自家的沦落的半生,也被她的哀泣所感动,虽则滴不下眼泪来,但心里也尽在酸一阵痛一阵的难过。她哭了半点多钟,我在床上默坐了半点多钟,觉得她的眼泪,已经把我的邪念洗清,心里头什么也不想了。又静坐了几分钟,我听听她的哭声,也已经停止,就又伏过身去,诚诚恳恳地对她说:

117 "老三!今天晚上,又是我不好,我对你不起,我把你的真意误会了。我们的时期,的确已经过去了。我今晚上对你的要求,的确是卑劣得很。请你饶了我,噢,请你饶了我!我以后永也不再干这一种卑劣的事情了,噢,请你饶了我!请你把你的头伸出来,朝转来,对我说一声,说一声饶了我!让我们把过去的一切忘了,请你把今晚上的我的这一种卑劣的事忘了。噢,老三!"

118 我斜伏在她的枕头边上,含泪的把这些话说完之后,她的头还是尽朝着床里,身子一动也不肯动。我静候了好久,她才把头朝转来，举起一双泪眼，好像在怜惜我又好像是在怨恨我地看了我一眼。得到了她这泪眼的一瞥，我心里也不晓怎么的起了一种比死刑囚遇赦的时候还要感激的心思。她仍复把头朝里转去，我也在她的被外头躺下了。躺下之后，两人虽然都没有睡着，然而我的心里却很舒畅的默默的直躺到了天明。

119　早晨起来，约略梳洗了一番，她又同平时一样的和我微笑了，而我哩，脸上虽在笑着，心里头却尽是一滴苦泪一滴苦泪的在往喉头鼻里咽送。

120　两人从旅馆出来，东方只有几点红云罩着，夜来的风势，把一碧的长天扫尽了。太阳已出了海，淡薄的阳光晒着的几条冷静的街上，除了些被风吹坠的树叶和几堆灰土之外，也比平时洁净得多。转过了长街送她到了上她自家的门口，将要分别的时候，我只紧握了她一双冷冷的手，轻轻的对她说：

121　"老三！请你自家珍重一点，我们以后见面的机会，恐怕很少了。"我说出了这句话之后，心里不晓怎么的忽儿绞割起来，两只眼睛里同雾大似的起了一层蒙障。她仿佛也深深地朝我看了一眼，就很急促地抽了我的两手，飞跑的奔向屋后去了。

122　这一天的晚上，海上有一弯眉毛似的新月照着，我和许多言语不通的南省人杂处在一舱里吸烟。舱外的风声浪声很大，大家只在电灯下计算着这海船航行的速度，和到 H 港的时刻。

（1927 年 1 月 10 日在上海，选自《达夫代表作》）

【作者】

郁达夫，浙江富阳人，留学日本，在帝国大学习经济，有《达夫全集》行世。

氏自1921年发表《沉沦》一作之后，论者认为我国描写"世纪末"颓废思想的作家。黎锦明将他的创作，分做三个时期：一、沉沦产生时期，此期以自己的生活做根据写灵肉的冲突，以真实的情感示人。二、自我表现的时期，此期的作品大半是个人生活的记录，以《寒灰集》内诸作为代表，用单纯的抒情的形式，刻画自己生活的纯真与作者的个性。三、蜕变时期，此期作者开始纯想象的创造，以《过去》一篇为代表，艺术已臻成功的境地。

【解说】

本篇是得到多数好评的著作，现以黎锦明的评价为例。黎氏说：

"这时期达夫的作品以《过去》一篇为代表，它是他的一篇重要的杰作。他将他自己的灵魂代表篇中的主人，这主人心性产生两个代表女性——老二、老三来。这两个女性心理的描写的深刻，实令人赞叹。如其达夫要和莫泊三、柴霍夫一样在冷静的观察中去写女性，说不定要失败了；即属不失败，也决不能有这样真实动人。他依然用男性在追逐女性的情景中而去写女性，自然更能使艺术伟大了。诚然，诚然，世界上的女性的特征不过都从男性心目中变化出来的啊；把爱利欧（Eliot）和曼丝菲（Mansfield）作品里的女性来和福罗贝尔与柴霍甫篇中的女性比一比就可以判定二者的深刻与不明显了。《过去》中的两女性，我们试想想，老二是代表一个虚荣性重而骄傲的女性，篇中主人去追逐她，失败了；老三是一个诚恳温和的女性，篇中主人从一个变化了的境遇里去追逐她，也失败了。在这两次追逐的失败中写出两个不同的女性，其艺术手腕实是高绝。

"《过去》告示我们，达夫在此时期的艺术已臻完全成功境地了。从第一、第二时期中的作品里，我们所看见的女性总不及《过去》中的深刻，无论《春风沉醉的晚上》那凄婉的陪衬那么动人。总之，在达夫眼中所见的女性总是可怜的、真实的、被摧残的伟大的动物。把达夫所写的女性和张资平氏所写的那追逐男性的女性比较一下，就可分判二者的不同来。资平心目中的女性完全是猜度的、幻想的，动人之处不过在那异常紧张的情节。达夫心目中的心性，由他那毫无掩饰的性升华里对照出来，艺术上必然性实无可讳言了。

"《过去》从第二时期中蜕变出来，可见篇中的内容已充实了，艺术已精练了，虽然我说不出第二时期中一部分的作品的不充实不精练来。达夫从这时期造出他新颖的想象，这是必然的步骤，必然的过程。《过去》在他所有的作品中的重要，自是不在明言了。……'Stérile'！有人当他在《过去》未产生以前这么非难他说，不过短视的猜度而已，又安知达夫想象是这样的优美呢，这实在不是我 exelt 他的话。

"他的第三时期开始，过去罢，向未来看着罢，我相信在数年后——或者即现在——达夫在他的想象里能造成 Omniscience 来。那时期，他伟大了，虽然这并不是能怎样希望出来的事。"（录自《文学周报》，黎锦明作，《达夫的三时期》）

1—2 冒头用直叙法，叙出"我和她"。同时写到"时令""气候"，文字简练，免去无谓的琐屑。

3—4 环境的描写，暗示 M 港是一处适宜于浮浪颓废人的逃避所，增添全文的情调。

5—33 在这一大段里，作者把篇中的第一个女性（老三）创造出来，由二人的对话，使阅者知老三过去的生活与境遇，同时指示主人公和老三的交涉。作者的用力处是"对话"，借以免去直叙的板滞。

34—39 "过去"的想象，从这里引出来第二个女性老二。

40—50 这里是作者用全力描写的地方。写主人公对于老二的追求，他是一位"被虐狂"的人物，看43—44两节自知，又是一位"变态心理"的人物，看45节自知。其次由老二的外貌、行动、言语各方面来描绘她的性格。作者用第一人称的表现法,所以更能生动逼真。

51—52 接39节的叙述,表现主人公的苦闷。

53—95 注意作者创造的第一个女性(老三),她的性格和老二全不相同。作者很苦心地表现她的境遇,仍借重"对话"的形式,由这里描绘她的性格。

96—121 这里写主人公在另一环境中追逐老三,结果仍是失败了。如98—115—116—117—118诸节所表现的,都是主人公的苦闷和老三的感伤,这几节也是作者用尽力量描绘的文章。作者虽写旅馆中的一对男女,却处处反衬二人的"过去",使阅者感到异常的清凄。

122 结尾仍暗示主人公的飘泊。

茫茫夜

一

1 一天星光灿烂的秋天的晚上,大约时间总在十二点钟以后了,静寂的黄浦滩上,一个行人也没有。街灯的灰白的光线,散射在苍茫的夜色里,烘出了几处电杆和建筑物的黑影来。道旁尚有二三乘人力车停在那里,但是车夫好像已经睡着了,所以并没有什么动静。黄浦江中停着的船上,时有一声船板和货物相击的声音传来,和远远不知从何处来的汽车车轮声合在一处,更加形容得这初秋深夜的黄浦滩上的寂寞。在这沉默的夜色中,南京路口滩上忽然闪出了几个纤长的黑影来,他们好像是自家恐惧自家的脚步声的样子,走路走得很慢。他们的话声亦不很高?但是在这沉寂的空气中,他们的足音和话声,已经觉得很响了。

2 "于君,你现在觉得怎么样?你的酒完全醒了么?我只怕你上船之后,又要吐起来。"

3 讲这一句话的,是一个十九岁前后的纤弱的青年。他的面貌清秀得很,他那柔美的眼睛,和他那不大不小的嘴唇,有使人不得不爱他的魔力。他的身体好像是不十分强,所以在微笑的时候,他的苍白的脸上,也脱不了一味悲寂的形容。他讲的虽然是北方的普通话,但是他那幽徐的喉音,和宛转的声调,竟使听话的人,辨不出南音北音来。被他叫作"于君"的,是一个二十五六岁的青年,大约是因为酒喝多了,颊上有一层红潮,同蔷薇似的罩在那里。眼睛里红红浮着的,不知是眼泪呢还是醉意,总之他的眉间,仔细看起来,却有些隐忧含着,他的勉强装出来的欢笑,正是在那里形容他的愁苦。他比刚才讲话的那青年,身材更高,穿着一套藤青的哔叽洋服,与刚才讲话的那青年的鱼白大衫,却成了一个巧妙的对称。他的面貌无俗气,但亦无特别可取的地方。在一副平正的面上,加上一双比较细小的眼睛,和一个粗大的鼻子,就是他的肖像了。由他那二寸宽的旧式的硬领和红格的领结看来,我们可以知道他是一个富有趣味的人。他听了青年的话,就把头向右转了一半,朝着了那青年,一边伸出右手来把青年的左手捏住,一边笑着回答说:

4 "谢谢,迟生,我酒已经醒了。今晚真对你们不起,要你们到了这深夜来送我上船。"

5 讲到这里,他就回转头来看跟在背后的两个年纪大约二十七八的青年,从这两个青年的洋服年龄面貌推想起来,他们定是姓于的青年修学时代的同学。两个中的一个年长一点的人听了姓于的青年的话,就抢上一步说:

6 "质夫,客气话可以不必说了,可是有一件要紧的事情,我还没有问你,你的钱够用了么?"

7 姓于的青年听了,就放了捏着的迟生的手,用右手指着迟生回答说:

8 "吴君借给我的二十元,还没有动着,大约总够用了,谢谢你。"

9 他们四个人——于质夫吴迟生在前,后面跟着二个于质夫的同学,是刚从于质夫的寓里出来,上长江轮船去的。

10 横过了电车路沿了外滩的冷清的步道走了二十分钟,他们已经走到招商局轮船码头了。江里停着的几只轮船,前后都有几点黄黄的电灯点在那里。从黑暗的堆栈外的码头走上了船,招了一个在那里假睡的茶房,开了舱里的房门,在四号官舱里坐了一会,于质夫就对吴迟生和另外的两个同学说:

11 "夜深了,你们可先请回去,诸君送我的好意,我已经不胜谢了。"

吴迟生也对另外的两个人说:

12 "那么你们请先回去,我就替你们做代表罢。"

于质夫又拍了迟生的肩说:

13 "你也请回去了罢。使你一个人回去,我更放心不下。"

迟生笑着回答说:

14 "我有什么要紧,只是他们两位明天还要上公司去的。不可太睡迟了。"

质夫也接着对他的两位同学说：

15 "那么请你们两位先回去，我就留吴君在这儿谈罢。"

16 送他的两个同学上岸之后，于质夫就拉了迟生的手回到舱里来。原来今晚开的这只轮船，已经旧了，并且船身太大，所以航行颇慢。因此乘此船的乘客少得很。于质夫的第四号官舱，虽有两个舱位，单只住了他一个人。他拉了吴迟生的手进到舱里，把房门关上之后，忽觉得有一种神秘的感觉，同电流似的，在他的脑里经过了。在电灯下他的肩下坐定的迟生，也觉得有一种不可思议的感情发生，尽俯着首默默的坐在那里。质夫看着迟生的同蜡人似的脸色，感情竟压止不住了，就站起来紧紧的捏住了他的两手，对面的对他幽幽的说：

17 "迟生，你同我去罢，你同我上 A 地去罢。"这话还没有说出之先质夫正在那里想：

18 "二十一岁的青年诗人兰勃（Arthur Rimbaud）。一八七二年的佛尔兰（Paul Verlaine）。白儿其国的田园风景。两个人的纯洁的爱。……"

19 这些不近人情的空想，竟变了一句话，表现了出来。质夫的心里实在想邀迟生和他同到 A 地去住几时，一则可以慰慰他自家的寂寞，一则可以看守迟生的病体。迟生听了质夫的话，呆呆的对质夫看了一忽，好像心里有两个主意，在那里战争，一霎时解决不下的样子。质夫看了他这一副形容，更加觉得有一种热情，涌上他的心来，便不知不觉的逼进一步说：

20　"迟生你不必细想了,就答应了我罢。我们就同乘了这只船去。"

听了这话,迟生反恢复了平时的态度,便含着了他固有的微笑说:

21　"质夫,我们后会的日期正长得很,何必如此呢?我希望你到了A地之后,能把你日常的生活,和心里的变化,详详细细的写信来通报我,我也可以这样的写信给你,这岂不和同住在一块一样么?"

22　"话原是这样说,但是我怕两人不见面的时候,感情就要疏冷下去。到了那时候我对你和你对我的目下的热情,就不得不被第三者夺去了。"

23　"要是这样,我们两个便算不得真朋友。人之相知,贵相知心,你难道还不能了解我的心么?"

24　听了这话,看看他那一双水盈盈的瞳人,质夫忽然觉得感情激动起来,便把头低下去,搁在他的肩上说:

25　"你说什么话,要是我不能了解你,那我就不劝你同我去了。"

26　讲到这里,他的语声同小孩悲咽时候似的发起颤来了。他就停着不再说下去,一边却把他的眼睛,伏在迟生的肩上。迟生觉得有两道同热水似的热气浸透了他的鱼白大衫和蓝绸夹袄,传到他的肩上去。迟生也觉得忍不住了,轻轻的举起手来,在面上揩了一下,只呆呆的坐在那里看那十枝烛光的电灯。这夜里的空气,觉得沉静得同在坟墓里一样。舱外舷上忽有几声水手呼唤声和起重机滚船索的声音传来,质夫知道船快开了,他想马上站起来送迟生上船去,但是心里又觉得这悲哀的甘味是不可多得的,无论如何总想多品尝一忽。照原样的头靠在迟生的肩上,一动也不动的坐了几分钟。质夫听见房门外有人在那里敲门:他抬起头来问了一声是谁,门外的人便应声说:

27 "船快开了。送客的先生请上岸去罢。"

28 迟生听了,就慢慢的站了起来,质夫也默默的不作一声跟在迟生的后面,同他走上岸去。在灰黑的电灯光下同游水似的走到船侧的跳板上的时候,迟生忽然站住了。质夫抢上了一步,又把迟生的手紧紧的捏住,迟生脸上起了两处红晕,幽幽扬扬的说:

29 "质夫,我终究觉得对你不起,不能陪你在船上安慰你的长途寂寞。……"

30 "你不要替我担心思了,请你自家保重些。你上北京去的时候,千万请你写信来通知我。"

31 质夫一定要上岸来送迟生到码头外的路上。迟生怎么也不肯,质夫只能站在船侧,张大了两眼,看迟生回去。迟生转过了码头的堆栈,影子就小了下去,成了一点白点,向北在街灯光里出没了几次。那白点渐渐远了,更小了下去,过了六七分钟,站在船舷上的质夫就看不见迟生了。

32 质夫呆呆的在船舷上站了一会,深深的呼了一口空气,仰起头来看见了几颗明星在深蓝的天空里摇动,胸中忽然觉得悲惨起来。这种悲哀的感觉,就是质夫自身也不能解说,他自幼在日本留学,习惯了飘泊的生活,生离死别的情景,不知身尝了几多,照理论来,这一次与相交未久的吴迟生的离别,当然是没有什么悲伤的,但是他看着黄浦江上的夜景,看看一点一点小下去的吴迟生的瘦弱的影子,觉得将亡未亡的中国,将灭未灭的人类,茫茫的长夜,耿耿的秋星,都是伤心的种子。在这茫然不可捉摸的思想中间,他觉得他自家的黑暗的前程和吴迟生的纤弱的病体,更有使他泪落的地方。在船舷的灰色的空气中站了一会,他就慢慢的走到舱里去了。

二

33 长江轮船里的生活,虽然没有同海洋中间那么单调,然而与陆地隔绝后的心境,到底比平时平静。而且开船的第二天,天又降下了一天黄雾,长江两岸的烟景,如烟如梦的带起伤惨的颜色来。在这悲哀的背景里,质夫把他过去几个月的生活,同手卷中的画幅一般回想出来了。

34 三月前头住在东京病院里的光景。出病院后和那少妇的关系,同污泥一样的他的性欲生活,向善的焦躁贪恶的苦闷,逃往盐原温泉前后的心境,归国的决心。想到最后这一幕,他的忧郁的面上,忽然露出一痕微笑来,眼看着了江上午后的风景,背靠着了甲板上的栏杆,他便自言自语的说:

35 "泡影呀,昙花呀,我的新生活呀!唉!唉!"

36 这也是质夫的一种迷信,当他决计想把从来的腐败生活改善的时候,必要搬一次家,买几本新书或是旅行一次。半月前头,他动身回国的时候，也下了一次绝大的决心。他心里想：

37 "我这一次回国之后，必要把旧时的习俗，改革得干干净净。戒烟戒酒戒女色。自家的品性上，也要加一段锻炼，使我的朋友全要惊异说是我与前相反了。……"

38 到了上海之后，他的生活仍旧是与从前一样，烟酒非但不戒下，并且更加加深了。女色虽然没有去接近，但是他的性欲，不过变了一个方向，依旧在那里伸张。想到了这一个结果，他就觉得从前的决心，反成了一段讽刺，所以不觉叹气微笑起来。叹声还没有发完，他忽听见人在他的左肩下问他说：

39 "Was Seufzen Sie, Monsieur?"（"你为什么要发叹声？"）

40 转过头来一看，原来这船的船长含了微笑，站在他的边上好久了，他因为尽在那里想过去的事情，所以没有觉得。这船长本来是丹麦人，在德国的留背克住过几年，所以德文讲得很好。质夫今天早晨在甲板上已经同他讲过话，因此这身材矮小的船长也把质夫当作了朋友。他们两人讲了些闲话，质夫就回到自己的舱里来了。

41 吃过了晚饭，在官舱的起坐室里看了一回书，他的思想又回到过去的生活上去，这一回的回想，却集中在吴迟生一个人身上。原来质夫这一次回国来，本来是为转换生活状态而来，但是他正想动身的时候，接着了一封他的同学邝海如的信说：

42 "我住在上海觉得苦得很。中国的空气是同癞病院的空气一样，渐渐的使人腐烂下去。我不能再住在中国了。你若要回来，就请你来替了我的职，到此地来暂且当几个月编辑罢。万一你不愿意住在上海,那么A省的法政专门学校要聘你去做教员去。"

43 所以他一到上海,就住在他同学在那里当编辑的T书局的编译所里。有一天晚,他同邝海如在外边吃了晚饭回来的时候,在编辑所里遇着了一个瘦弱的青年,他听了这青年的同音乐似的话声,就觉得被他迷住了。这青年就是吴迟生呀!过了几天,他的同学邝海如要回到日本去,他和吴迟生及另外几个人在汇山码头送邝海如的行,船开之后,他同吴迟生就同坐了电车,回到编辑所来,他看看吴迟生的苍白脸色和他的纤弱的身体,便问他说:

44 "吴君,你身体好不好?"

45 吴迟生不动神色的回答说:

46 "我是有病的,我害的是肺病。"

47 质夫听了这话就不觉张大了眼睛惊异起来。因为有肺病的人,大概都不肯说自家的病的,但是吴迟生对了才遇见过两次的新友,竟如旧交一般的把自家的秘密病都讲了。质夫看了迟生的这种态度,心里就非常爱他,所以就劝他说:

48 "你若害这病,那么我劝你跟我上日本去养病去。"

49 他讲到这里,就把乔其慕亚的一篇诗想了出来,他的幻想一霎时的发展开来了。

50 "日本的郊外杂树丛生的地方,离东京不远,坐高架电车不过四五十分钟可达的地方,我愿和你两个人去租一间草舍儿来住,草舍的前后,要有青青的草地,草地的周围,要有一条小小的清溪。清溪里要有几尾游鱼。晚春时节,我好和你拿了锄,把花儿向草地里去种。在蔚蓝的天盖下,在和暖的熏风里,我与你躺在柔软的草上,好把那西洋的小曲儿来朗诵。初秋晚夏的时候,在将落未落的夕照中间,我好和你缓步消遥,把落叶儿来数。冬天的早晨你未起来,我便替你做早饭,我不起来,你也好把早饭先做。我礼拜六的午后从学校里回来,你好到冷静的小车站上来候我。我和你去买些牛豚香片,便可作一夜的清谈,谈到礼拜的日中。书店里若有外国的新书到来,我和你省几日油盐,可去买一本新书来消那无聊的夜永。……"

51 质夫坐在电车上一边作这些空想,一边便不知不觉得把迟生的手捏住了。他捏住了迟生的柔软的小手,心里又起了一种别样的幻想。面上红了一红,把头摇了一摇,他就对迟生问起无关紧要的话来:

52 "你的故乡是在什么地方?"

53 "我的故乡是直隶乡下,但是现在住在苏州了。"

54 "你还有兄弟姊妹没有?"

55 "有是有的,但是全死了。"

56 "你住在上海干什里?"

57 "我因为北京天气太冷,所以休了学,打算在上海过冬。并且这里朋友比较得多一点,所以觉得住在上海比北京更好些。"

58 这样的问答了几句,电车已经到了大马路外滩了。换了静安寺路的电车在跑马厅尽头处下车之后,质夫就邀迟生到编辑所里来闲谈。从此以后,他们两人的交际,便渐渐儿的亲密起来了。

59 质夫的意思以为天地间的情爱,除了男女的真真的恋爱外,以友情为最美,他在日本飘流了十来年,从未曾得着一次满足的恋爱,所以这一次遇见了吴迟生,觉得他的一腔不可发泄的热情,得了一个可以自由灌注的目标,说起来虽是他平生的一大快事,但是亦是他半生沦落未曾遇着一个真心女人的哀史的证明,有一天晴朗的晚上,迟生到编辑所来和他谈到夜半,质夫忽然想去洗澡去。邀了迟生和另外的两个朋友出编辑所走到马路上的时候,质夫觉得空气冷凉得很。他便问迟生说:

60 "你冷么?你若是怕冷,就钻到我的外套里来。"

61 迟生听了,在苍白的街灯光里,对质夫看了一眼,就把那纤弱的身体倒在质夫的怀里。质夫觉得有一种不可名状的快感,从迟生的肉体传到他的身上去。

62 他们出浴堂已经是十二点钟了。走到三叉路口,要和迟生分手的时候,质夫觉得怎么也不能放迟生一个人回去,所以他就把迟生的手捏住说:

63 "你不要回去了,今天同我们上编辑部去睡罢。"

64 迟生也像有迟疑不忍回去的样子,质夫就用了强力把他拖来了。那一天晚上他们谈到午前五点钟才睡着。过了两天,A地就有电报来催,要质夫上 A 地的法政专门学校去当教员。

三

65 质夫登船后第三天的午前三点钟的时候,船到了 A 地。在昏黑的轮船码头上,质夫辨不出方向来,但看见有几颗淡淡的明星印在清冷的长江波影里。离开了码头上的嘈杂的群众，跟了一个法政专门学校里托好在那里招待他的人上岸之后，他觉得晚秋的凉气，已经到了这长江北岸的省城了。在码头近傍一家同十八世纪的英国乡下的旅舍似的旅馆里住下之后，他心里觉得孤寂得很。他本来是在大都会里生活惯的人，在这夜静更深的时候，到了这一处不闹热的客舍内，从微明的洋灯影里，看看这客室里的粗略的陈设，心里当然是要惊惶的。一个招待他的酣睡未醒的人，对他说了几句话，从他的房里出去之后，他真觉得是闯入了龙王的水牢的样子，他的脸上不觉有两颗珠泪滚下来了。

66 "要是迟生在这里，那我就不会这样的寂寞了。啊，迟生，这时候怕你正在电灯底下微微的笑着，在那里做好梦呢！"

67 在床上横靠了一忽，质夫看见格子窗一格一格的亮了起来，远远的鸡鸣声也听得见了。过了一会，有一步运载货物的单轮车，从窗外推过了，这车轮的仆独仆独的响声，好像是在那里报告天晴的样子。

68 侵旦旅馆里有些动静的时候，从学校里差来接他的人也来了。把行李交给了他，质夫就坐了一乘人力车上学校里去。沿了长江，过了一条店家还未起来的冷清的小街，质夫的人力车就折向北去。车并着了一道城外的沟渠，在一条长堤上慢慢前进的时候，他就觉得元气恢复起来了，看看东边，以浓蓝的天空作了背景的一座白色的宝塔，把半规初出的太阳遮在那里。西边是一道古城，城外环绕着长沟，远近只有些起伏重叠的低岗和几排鹅黄疏淡的杨柳点缀在那里。他抬起头来远远见了几家如装在盆景假山上似的草舍。看看城墙上孤立在那里的一排电杆和电线,又看看远处的地平线和一湾苍茫无际的碧落。觉得在这自然的怀抱里,他的将来的成就定然是不少的。不晓是什么原因,不知不觉他竟起了一种感谢的心情。过了一忽,他忽然自言自语的说:

69 "这谦虚的情!这谦虚的情!就是宗教的起源呀!淮尔特(Wilde)呀,佛尔兰(Verlaine)呀!你们从狱里叫出来的'要谦虚'(Be Humble!)的意思我能了解了。"

70 车到了学校里,他就通名刺进去。跟了门房,转了几个湾,到了一处门上挂着"教务长"牌的房前的时候,他心里觉得不安得很。进了这房他看见一位三十上下的清瘦的教务长迎了出来。这教务长带着一副不深的老式近视眼镜,口角上有两丛微微的胡须黑影,讲一句话,眼睛必开闭几次。质夫因为是初次见面,所以应对非常留意,格外的拘谨。讲了几句寻常套话之后,他就领质夫上正厅上去吃早饭。在早膳席上,他为质夫介绍了一番。质夫对了这些新见的同事,胸中感得一种异常的压迫,他一个人心里想:

71 "新媳妇初见姑嫂的时候,她的心理应该同我一样的。唉,在山泉水清,出山泉水浊,我还不如什么事也不干,一个人回到家里去贪懒的好。"

72 吃了早膳,把行李房屋整顿了一下,姓倪的那教务长就把功课的时间表拿了过来。却好那一天是礼拜,质夫就预备第二日去上课。倪教务长把编讲义上课的情形讲了一遍之后,便轻轻的对质夫说:

73 "现在我们校里正是五风十雨的时候,上课时候的讲义,请你用全副精神来对付。礼拜三的讲义,是要今天发才赶得及,请你快些预备罢。"

74 他出去停了两个钟头,又跑上质夫那边来,那时候质夫已有一页讲义编好了。倪教务长拿起这页讲义来看的时候,神经过敏而且又是自尊心颇强的质夫,觉得被他侮辱了。但是一边心里又在恐惧,这种复杂的心理状态,怕没有就过事的人是不能了解的。他看了讲义之后,也不说好,也不说不好,但是质夫的纤细的神经却告诉质夫说:

75 "可以了,可以了,他已经满足了。"

76 恐惧的心思去了之后,质夫的自尊心又长了一倍,被侮辱的心思比从前加一倍,抬起头来,但是一种自然的势力,把这自尊心压了下去,教他忍受了,这教他忍受的心思,大约就是卑鄙的行为的原动力,若再长进几级,就不得不变成奴隶性质,现在社会上的许多成功者,多因为有这奴隶性质,才能成功,质夫初次的小成功,大约也是靠他这时候的这点奴隶性质而来的。

77 这一天晚上质夫上床的时候,却有两种矛盾的思想,在他的胸中来往。一种是恐惧的心思,就是怕学生不能赞成他。一种是喜悦的心思,就是觉得自家是专门学校里的教授了。正在那里想的时候,他觉得有一个人钻进他的被来。他闭着眼睛,伸手去一摸,却是吴迟生。他和吴迟生颠颠倒倒的讲了许多话。到第二天早晨,斋夫进房来替他倒洗面水。他被斋夫惊醒的时候,才知道是一场好梦,他醒来的时候,两只手还紧紧的抱住在那里。

78 第二次上课钟打后,质夫跟了倪教务长去上课去。倪教务长先替他向学生介绍了几句,出课堂门去了,质夫就踏上讲坛去讲。这一天因为没有讲义稿子,所以他只空说了两点钟。正在那里讲的时候,质夫觉得有一种想博人欢心的虚伪的态度和言语,从他的面上口里流露出来。他心里一边在那里鄙笑自家,一边却怎么也禁不住这一种态度和这一种言语。大约这一种心理和前节所说的忍受的心理就是构成奴隶性质的基础罢。

79 好容易破题儿的第一天过去了。到了晚上九点钟的时候,倪教务长的苍黄的脸上浮着了一脸微笑,跑上质夫房里来。质夫匆忙站起来让他坐下之后,倪教务长便用了日本话,笑嘻嘻的对质夫说:

80 "你成功了。你今天大成功。你所教的几班,都来要求加钟点了。"

81 质夫心里虽然非常喜欢,但是面上却只装着一种漠不相关的样子。倪教务长到了这时候,也没有什么隐瞒了,便把学校的内情全讲了出来。

82 "我们学校里,因为陆校长今年夏天同军阀李星狼、麦连邑打了一架,并反对违法议员和驱逐李麦的走狗韩省长的原因,没有一天不被军阀所仇视。现在李麦和那些议员出了三千元钱,买收了几个学生,想在学校里捣乱。所以你没有到的几天,我们是一夕数惊,在这里防备的。今年下半年新聘了几个先生,又是招怪,都不能得学生的好感。所以要是你再受他们学生的攻击,那我们在教课上就站不住了。一个学校中,若聘的教员,不能得学生的好感,教课上不能铜墙铁壁的站住,风潮起来的时候,那你还有什么法子?现在好了,你总站得住了,我也大可以放心了。呵呵呵呵(底下又用了一句日本话),你成功了呀!"

83 质夫听了这些话,因为不晓得这 A 省的情形,所以也不十分明了,但是倪教务长对质夫是很满足的一件事情,质夫明明在他的言语态度上可以看得出来。从此质夫当初所怀着的那一种对学生对教务长的恐惧心,便一天一天的减少下去了。

四

84 学校内外浮荡着的暗云,一层一层的紧迫起来。本来是神经质的倪教务长和态度从容的陆校长常常在那里作密谈。质夫因为不谙那学校的情形,所以也没有什么惧怕,尽在那里干他自家一个人的事。

85 初到学校后二三天的紧张的精神,渐渐的弛缓下去的时候,质夫的许久不抬头的性欲,又露起头角来了。因为时间与空间的关系,吴迟生的印象一天一天在他的脑海里消失下去,于是代此而兴,支配他的全体精神的情欲,便分成了二个方向起起作用来。一种是纯一的爱情,集中在他的一个年轻的学生身上。一种是间断偶发的冲动。这种冲动发作的时候,他竟完全成了无理性的野兽,非要到城里街上,和学校附近的乡间的贫民窟里去乱跑乱跳走一次,偷看几个

女性,不能把他的性欲的冲动压制下去。有一天晚上,正是这冲动发作的时候,倪教务长不声不响的走进他的房里来忠告他说:

86 "质夫,你今天晚上不要跑出去。我们得着了一个消息,说是几个被李麦收买了的学生预备今晚起事,我们教职员还是住在一处,不要出去的好。"

87 质夫在房里电灯下坐着,守了一个钟头,觉得苦极了。他对学校的风潮,还未曾经验过,所以并没有什么害怕,并且因为他到这学校不久,缠绕在这学校周围的空气,不能明白,所以更无危惧的心思。他听了倪教务长的话之后,只觉得有一种看热闹的好奇心起来,并没有别的观念。同西洋小孩在圣诞节的晚上盼望圣诞老人到来的样子,他反而一刻一刻的盼望这捣乱事件快些出现。等了一个钟头,学校里仍没有什么动静,他的好奇心,竟被他原有的冲动的发作压倒了。他从坐位里站了起来,在房里走了几圈,又坐了一忽,又站起来走了几圈,觉得他的兽性,终究压不下去。换了一套中国衣服,他便悄悄的从大门走了出去。浓蓝的天影里,有几颗游星,在那里开闭,学校附近的郊外的路上黑得可怕。幸亏这一条路是沿着城墙沟渠的,所以黑暗中的城墙的轮廓和黑沉沉的城池的影子,还当作了他的行路的目标。他同瞎子似的在不平的路上跌了几脚,踏了几次空,走到北门城外的时候,忽然想起城门是快要闭了。若或进城去,他在城里又无熟人,又没有法子弄得到一张出城券,事情是不容易解决的。所以在城门外迟疑了一会,他就回转了脚,一直沿了向北的那一条乡下的官道跑去。跑了一段,他跑到一处狭的街上了。他以为这样的城外市镇里，必有那些奇形怪状的最下流的妇人住着，他的冲动的目的物，正是这一流妇人。但是他在黄昏的小市上，跑来跑去跑了许多时候，终竟寻不出一个妇人来。有时候虽有一二个蓬蓬的女子走过，却是人家的未成年的使婢。他在街上走了一会，又穿到漆黑的侧巷里去走了一会，终究不能达到他的目的。在一条无人通过的漆黑侧巷里站着，他仰起头来看看幽远的天空，便轻轻的叹着说：

88　"我在外国苦了这许多年数，如今到中国来还要吃这样的苦。唉！我何苦呢，可怜我一生还未曾得着女人的爱惜过。啊，恋爱呀，你若可以学识来换的，我情愿将我所有的知识，完全交出来，与你换一个有血有泪的拥抱。啊，恋爱呀，我恨你是不能糊涂了事的。我恨你是不能以资格地位名誉来换的。我要灭这一层烦恼，我只有自杀……"

89　讲到了这里，他的面上忽然滚下了两粒粗泪来。他觉得站在这里，终究不是长久之计，就又同饿犬似的走上街来了。垂头丧气的正想回到校里来的时候；他忽然看见一家小小的卖香烟洋货的店里，有一个二十五六的女人坐在灰黄的电灯下，对了账簿算盘在那里结账。他远远的站在街上看了一忽，走来走去的走了几次，便不声不响的踱进了店去。这女人见他进去。就丢下了账目来问他：

90　"要买什么东西？"

91　先买了几封香烟，他便对那女人呆呆的看了一眼。由他这时候的眼光看来，这女人的容貌却是商家所罕有的。其实她也只是一个平常的女人，不过身材生得小，所以俏得很，衣服穿得时髦，所以

觉得有些动人的地方。他如饿犬似的贪看了一二分钟,便问她说:

92 "你有针卖没有?"

93 "是缝衣服的针么?"

94 "是的,但是我要一个用熟的针,最好请你卖一个新针给我之后,再拿新针与你用熟的针交换一下。"

95 那妇人便笑着回答说:

96 "你是拿去煮在药里的么?"

97 他便含糊的答应说:

98 "是的是的,你怎么知道?"

99 "我们乡下的仙方里,老有这些顽意儿的。"

100 "不错不错,这针倒还容易办得到,还有一件物事,可真是难办。"

101 "是什么呢?"

102 "是妇人们用的旧手帕,我一个人住在这里,又无朋友,所以这物事是怎么也求不到的,我已经决定不再去求了。"

103 "这样的也可以的么?"

104 一边说,一边那妇人从她的口袋里拿了一块洋布的旧手帕出来。质夫一见,觉得胸前就乱跳起来,便涨红了脸说:

105 "你若肯让给我,我情愿买一块顶好的手帕来和你换。"

106 "那请你拿去就对了,何必换呢。"

107 "谢谢,谢谢,真真是感激不尽了。"

108 质夫得了她的用旧的针和手帕,就跌来碰去的奔跑回家。路上有一阵凉冷的西风,吹上他的微红的脸来,那时候他觉得爽快极了。

109　回到了校内,他看看还是未曾熄灯。幽幽的到房里,闩上了房门,他马上把骗来的那用旧的针和手帕从怀中取了出来。在桌前椅子上坐下,他就把那两件宝物掩在自家的口鼻上,深深地闻了一回香气。他又忽然注意到了桌上立在那里的那一面镜子,心里就马上想把现在的他的动作一一的照到镜子里去。取了镜子,把他自家的痴态看了一忽,他觉得这用旧的针子,还没有用得适当。呆呆的对镜子看了一二分钟,他就狠命的把针子向颊上刺了一针。本来为了兴奋的原故,变得一块红一块白的面上,忽然滚出了一滴同玛瑙珠似的血来。他用那手帕揩了之后,看见镜子里的面上又滚了一颗圆润的血珠出来。对着了镜子里的面上的血珠,看看手帕上的腥红的血迹,闻闻那旧手帕和针子的香味,想想那手帕的主人公的态度,他觉得一种快感,把他的全身都浸遍了。

110　不多一忽,电灯熄了,他因为怕他现在所享受的快感,要被打断,所以动也不动的坐在黑暗的房里,还在那里贪尝变态的快味,打更的人打到他的窗下的时候,他才同从梦里头醒来的人一样,抱着了那针子和手帕摸上他的床上去就寝。

五

111　清秋的好天气一天一天的连续过去,A地的自然景物,与质夫生起情感来了。学生对质夫的感情,也一天一天的浓厚起来,吃过晚饭之后,在学校近傍的菱湖公园里,与一群他所爱的青年学生,看看夕阳返照在残荷枝上的暮景,谈谈异国的流风遗韵,确是平生的一大快事。质夫觉得这一般智识欲很旺的青年,都成了他的亲爱的兄弟了。

112 有一天也是秋高气爽的晴朗的早晨,质夫与雀鸟同时起了床,盥洗之后,便含了一枝伽利克,缓缓的走到菱湖公园去散步去。东天角上,太阳刚才起程,银红的天色渐渐的向西薄了下去,成了一种淡青的颜色。远近的泥田里,还有许多荷花的枯干同鱼栅似的立在那里。远远的山坡上,有几只白色的山羊同神话里的风景似的在那里吃枯草。他从学校近傍的山坡上,一直沿了一条向北的田塍细路走了过去,看看四周的田园清景,想想他目下所处的境遇,质夫觉得从前在东京的海岸酒楼上,对着了夕阳发的那些牢骚,不知消失到什么地方去了。

113 "我也可以满足了,照目下状态能够持续得一二十年,那我的精神,怕更要发达呢。"

114 穿过了一条红桥,在一个空亭子里立了一会,他就走到公园中心的那条柳荫路上去。回到学校之后,他又接着了一封从上海来的信,说他著的一部小说集已经快出版了。

115 这一天午后他觉得精神非常爽快,所以上课的时候竟多讲了十分钟,他看看学生的面色,都好像是很满足的样子。正要下课堂的时候,他忽然听见前面寄宿舍和事务室的中间的通路上,有一阵摇铃的声音和学生喧闹的声音传了过来,他下了课堂,拿了书本跑过去一看,只见一群学生围了一个青脸的学生在那里吵闹。那青脸的学生,面上带着一味杀气。他的颊下的一条刀伤痕更形容得他的狞恶。一群围住他的学生都摩拳擦掌的要打他。质夫看了一会,不晓得是怎么一回事,正在疑惑的时候,看见他的同乡教体操的王先生,从包围在那里的学生丛中,辟开了一条路,挤到那被包围的青脸学生面前,不问皂白,把那学生一把拖了到教员的议事厅上去。一边质夫又看见他的同事的监学唐伯名温温和和的对一群激愤的学生说:

116 "你们不必动气,好好儿的回到自修室去罢,对于江杰的捣乱,我们自有办法在这里。"

117 一半学生回自修室去了,一半学生跟在那青脸的学生后面叫着说:

118 "打!打!"

119 "打!打死他。不要脸的,受了李麦的金钱,你难道想卖同学么?"

120 质夫跟了这一群学生,跑到议事厅上,见他的同事都立在那里。同事中的最年长者,带着一副墨眼镜,头上有一块秃的许明先,见了那青脸的学生,就对他说:

121 "你是一个好好的人,家里又还可以,何苦要干这些事呢?开除你的是学校规则,并不是校长,钱是用得完的,你们年轻的人还是名誉要紧。李麦能利用你来捣乱学校,也定能利用别人来杀你的,你何苦去干这些事呢?"

122 许明先还没有说完,门外站着的学生都叫着说:

123 "打!"

124 "李麦的走狗。"

125 "不要脸的,摇一摇铃三十块钱,你这买卖真好啊。"

126 "打打!"

127 许明先听了门外学生的叫唤,便出来对学生说:

128 "你们看我面上,不要打他,只要他能悔过就对了。"

129 许明先一边说一边就招那青脸的学生——名叫江杰——出来,对众谢罪。谢罪之后,许明先就护送他出门外,命令他以后不准再来,江杰就垂头丧气的走了。

130 江杰走后,质夫从学生和同事的口头听来,才知道这江杰本来也是校内的学生,因为闹事的缘故,在去年开除的,现在他得了李麦的钱,以要求复校为名,想来捣乱,与校内八九个得钱的学生约好,用摇铃作记号,预备一齐闹起来的。质夫听了心里反觉得好笑,以为像这样的闹事,便闹死也没有什么。

131 过了三四天,也是一天晴朗的早晨十点钟的时候,质夫正在预备上课,忽然听见几个学生大声哄号起来。质夫出来一看,见议事厅上有八九个长大的学生,吃得酒醉醺醺头向了天,带着了笑容,在那里哄号。不道一二分钟,教职员全体和许多学生都跑向议事厅来。那八九个学生中间的一个最长的人便高声的对众人说:

132 "我们几个人是来搬校长的行李的。他是一个过激党,我们不愿意受过激党的教育。"八九个中的一个矮小的人也对众人说:

133 "我们既然做了这事,就是不怕死的。若有人来拦阻我们,那要对他不起。"

134 说到这里,他在马褂袖里,拿了一把八寸长的刀出来。质夫看着门外站在那里的学生起初同蜂巢里的雄蜂一样,还有些喃喃呐呐的声音,后来看了那矮小的人的小刀,就大家静了下去。质夫心里有点不平,想出来讲几句话,但是被他的同乡教体操的王先生拖住了。王先生对他说:

135 "事情到了这样,我与你立出去也压不下来了。我们都是外省人,何苦去与他们为难呢?他们本省的学生,尚且在那里旁观。"

136 那八九个学生一霎时就打到议事厅间壁的校长房里去,却好那时候校长还不在家,他们就把校长的铺盖捆好了。因为那一个拿刀的人在门口守着,所以另外的人一个人也不敢进到校长房里去拦阻他们。那八九个学生同做新戏似的笑了一声,最后跟着了那个拿刀的矮子,抬了校长的被褥,就慢慢的走出门去了。等他们走了之后,倪教务长和几个教员都指挥其余的学生,不要紊乱秩序,依旧去上课去。上了两个钟头课,吃午膳的时候,教职员全体主张停课一二天以观大势。午后质夫得了这闲空时间,倒落得自在,便跑上西门外的大观亭去玩去了。

137 大观亭的前面是汪洋的江水。江中靠右的地方,有几个沙渚浮在那里,阳光射在江水的微波上,映出了几条反射的光线来。洲渚上的苇草,也有头白了的,也有作青黄色的,远远望去,同一片平沙一样。后面有一方湖水,映着了青天,静静的躺在太阳的光里。沿着湖水有几处小山,有几处黄墙的寺院,看了这后面的风景,质夫忽然想起在洋画上看见过的瑞士四林湖的山水来了。一个人逛到傍晚的时候,看了西天日落的景色,他就回到学校里来。一进校门,遇着了几个从里面出来的学生,质夫觉得那几个学生的微笑的目光,都好像在那里哀怜他的样子。他胸里感着一种不快的情怀,觉得是回到了不该回的地方来了。

138 吃过了晚饭,他的同事都锁着了眉头,议论起那八九个学生搬校长铺盖时候的情形和解决的方法来。质夫脱离了这议论的团体,私下约了他的同乡教体操的王亦安,到菱湖公园去散步去。太阳刚才下山,西天还有半天金赤的余霞留在那里。天盖的四周,也染了这种余霞的返照,映出一种紫红的颜色来。天心里有大半规月亮白洋洋地挂着,还没有放光。田塍路的角里和枯荷枝的脚上,都有些薄暮的影子看得出来了。质夫和亦安一边走一边谈,亦安把这次风潮的原因细细的讲给了质夫听:

139 "这一次风潮的历史,说起来也长得很。但是他的原因,却伏在今年六月里当李星狼、麦连邑杀学生蒋可奇的时候。那时候陆校长讲的几句话是的确厉害的。因为议员和军阀杀了蒋可奇,所以学生联合会有澄清选举反对非法议员的举动。因为有了这举动,所以不得不驱逐李麦的走狗想来召集议员的省长韩士成。因这几次政治运动的结果,军阀和议员的怨恨,都结在陆校长一人的身上。这一次议员和军阀想趁新省长来的时候,再开始活动,所以首先不得不除去他们的劲敌陆校长。我听见说这几个学生从议员处得了二百元钱一个人。其余守中立的学生,也有得着十元十五元的。他们军阀和议员,连警察厅都买通了的,我听见说,今天北门站岗的巡警一个人还得着二元贿赂呢。此外还有想夺这校长做的一派人,和同陆校长倪教务长有反感的一派人也加在内,你说这风潮的原因复杂不复杂?"

140　穿过了公园西北面的空亭,走上园中大路的时候,质夫邀亦安上东面水田里的纯阳阁里去。

141　夜阴一刻一刻的深了起来,月亮也渐渐的放起光来了。天空里从银红到紫蓝从紫蓝到淡青的变了好几次颜色。他们进纯阳阁的时候,屋内已经漆黑了。从黑暗中摸上了楼。他们看见有一盏菜油灯点在上首的桌上。从这一粒微光中照出来的红漆的佛座,和桌上的供物,及两壁的幡对之类,都带着些神秘的形容。亦安向四周看了一看,对质夫说:

142　"纯阳祖师的签是非常灵的,我们各人求一张罢。"

143　质夫同意了,得了一张三十八签中吉。

144　他们下楼,走到公园中间那条大路的时候,星月的光辉,已经把道旁的杨柳影子印在地上了。

145　闹事之后,学校里停了两天课。到了礼拜六的下午,教职员又开了一次大会,决定下礼拜一暂且开始上课一礼拜,若说官厅没有适当的处置,再行停课。正是这一天的晚上八点钟的时候,质夫刚在房里看他的从外国寄来的报,忽听见议事厅前后,又有哄号的声音传了过来。他跑出去一看,只见有五六个穿农夫衣服,相貌狞恶的人,跟了前次的八九个学生,在那里乱跳乱叫。当质夫跑近他们身边的时候,八九个人中最长的那学生就对质夫拱拱手说:

146 "对不起,对不起,请老师不要惊慌,我们此次来,不过是为搬教务长和监学的行李来的。"

147 质夫也着了急,问他们说:

148 "你们何必这样呢?"

149 "实在是对老师不起!"

150 那一个最长的学生还没有说完,质夫看见有一个农夫似的人跑到那学生身边说:

151 "先生,两个行李已经搬出去了,另外还有没有?"

152 那学生却回答说:

153 "没有了,你们去罢。"

154 这样的下了一个命令,他又回转来对质夫拱了一拱手说:

155 "我们实在也是出于不得已,只有请老师原谅原谅。"

156 又拱了拱手,他就走出去了。

157 这一天晚上行李被他们搬去的倪教务长和柳监学二人都不在校内。闹了这一场之后,校内同暴风过后的海上一样,反而静下去了。王亦安和质夫同几个同病相怜的教员,合在一处谈议此后的处置。质夫主张马上把行李搬出校外,以后绝对的不再来了。王亦安光着眼睛对质夫说:

158 "不能不能,你和希圣怎么也不能现在搬出去。他们学生对希圣和你的感情最好。现在他们中立的多数学生,正在那里开会,决计留你们几个在校内,仍复继续替他们上课。并且有人在大门口守着,不准你出去。"

159 中立的多数学生果真是像在那里开会似的,学校内弥漫着一种紧迫沉默的空气,同重病人的房里沉默着的空气一样。几个教职员大家合议的结果,议决方希圣和于质夫二人于晚上十二点钟乘学生全睡着的时候出校,其余的人一律于明天早晨搬出去。

160 天潇潇的下起雨来了。质夫回到房里,把行李物件收拾了一下。便坐在电灯下连连续续的吸起烟来。等了好久,王亦安轻轻的来说:

161 "现在可以出去了。我陪你两人出去,希圣立在桂花树底下等你。"

162 他们三人轻轻的走到门口的时候,门房里忽然走出了一个学生来问说:

163 "三位老师难道要出去么?我是代表多数同学来求三位老师不要出去的。我们总不能使他们几个学生来破坏我们的学校,到了明朝,我们总要想个法子,要求省长来解决他们。"

164 讲到这里,那学生的眼睛已有一圈红了。王亦安对他作了一揖说:

165 "你要是爱我们的,请你放我们走罢,住在这里怕有危险。"

166 那学生忽然落了一颗眼泪,咬了一咬牙齿说:

167 "既然这样,请三位老师等一等,我去寻几位同学来陪三位老师进城,夜深了,怕路上不便。"

168 那学生跑进去之后,他们三人马上叫门房开了门,在黑暗中冒着雨就走了。走了三五分钟,他们忽听见后面有脚步声在那里

追逐,他们就放大了脚步赶快走来,同时后面的人却叫着说:

169 "我们不是坏人,请三位老师不要怕,我们是来陪老师们进城的。"

170 听了这话,他们的脚步便放小来。质夫回头来一看,见有四个学生拿了一盏洋油行灯,跟在他们的后面。其中有二个学生,却是质夫教的一班里的。

六

171 第二天的午后,从学校里搬出来的教职员全体,就上省长公署去见新到任的省长。那省长本来是质夫的胞兄的朋友,质夫与他亦曾在西湖上会过的。历任过交通司法总长的这省长,讲了许多安慰教职员的话之后,却作一个"总有办法"的回答。

172 质夫和另外的几个教职员,自从学校里搬出来之后,便同丧家之犬一样,陷到了去又去不得留又不能留的地位。因为连续的下了几天雨,所以质夫只能蛰居在一家小客栈里,不能出去闲逛。他就把他自己与另外的几个同事的这几日的生活,比作了未决囚的生活。每自嘲自慰的对人说:

173 "文明进步了,目下教员都要蒙尘了。"

174 性欲比人一倍强盛的质夫,处了这样的逆境,当然是不能安分的。他竟瞒着了同住的几个同事,到娼家去进出起来了。

175 从学校里搬出来之后,约有一礼拜的光景。他恨省长不能速行解决闹事的学生,所以那一天晚上吃晚饭的时候就多喝了几杯酒。这兴奋剂一下喉,他的兽性又起起作用来,就独自一个走上一位带有家眷的他的同事家里去。那一位同事本来是质夫在 A 地短时日中所得的最好的朋友。质夫上他家去,本来是有一种漠然的预感和希望怀着,坐谈了一会,他竟把他的本性显露了出来,那同事便用了英文对他说:

176 "你既然这样的无聊,我就带你上班子里逛去。"

177 穿过了几条街巷,从一条狭而又黑的巷口走进去的时候,质夫的胸前又跳跃起来,因为他虽在日本经过这种生活,但是在他的故国,却从没有进过这些地方。走到门前有一处卖香烟橘子的小铺和一排人力车停着的一家墙门口,他的同事便跑了进去。他在门口仰起头来一看,门楣上有一块白漆的马口铁写着鹿和班的三个红字,挂在那里,他迟了一步,也跟着他的同事进去了。

178 坐在门里两旁的几个奇形怪状的男人,看见了他的同事和他,便站了起来,放大了喉咙叫着说:

179 "引路!荷珠姑娘房里。吴老爷来了!"

180 他的同事吴凤世不慌不忙的招呼他进了一间二丈来宽的房里坐下之后,便用了英文问他说:

181 "你要怎么样的姑娘?你且把条件讲给我听,我好替你介绍。"

182 质夫在一张红木椅上坐定后,便也用了英文对吴凤世说:

183 "这是你情人的房么?陈设得好精致,你究竟是一位有福的嫖客。"

184 "你把条件讲给我听罢,我好替你介绍。"

185 "我的条件讲出来你不要笑。"

186 "你且讲来罢。"

188 "我有三个条件,第一要她是不好看的,第二要年纪大一点,第三要客少。"

189 "你倒是一个老嫖客。"

190 讲到这里,吴风世的姑娘进房来了。她头上梳着辫子,皮色不白,但是有一种婉转的风味。穿的是一件虾青大花的缎子夹衫,一条玄色素缎的短脚裤。一进房就对吴风世说:

191 "说什么鬼话,我们懂的呀!"

192 "这一位于老爷是外国来的,他是外国人,不懂中国话。"

193 质夫站起来对荷珠说:

194 "假的假的,吴老爷说的是谎,你想我若不懂中国话,怎么还要上这里来呢?"

195 荷珠笑着说:

196 "你究竟是不是中国人?"

197 "你难道还在疑心么?"

198 "你是中国人,你何以要穿外国衣服。"

199 "我因为没有钱做中国衣服?"

200 "做外国衣服难道不要钱的么?"

201 吴风世听了一忽,就叫荷珠说:

202 "荷珠,你给于老爷荐举一个姑娘罢。"

203 "于老爷喜欢怎么样的？碧玉好不好？春红？香云？海棠？"吴风世听了海棠两字，就对质夫说：

204 "海棠好不好？"

205 质夫回答说：

206 "我又不曾见过，怎么知道好不好呢？海棠与我提出的条件合不合？"

207 风世便大笑说：

208 "条件悉合，就是海棠罢。"

209 荷珠对她的假母说：

210 "去请海棠姑娘过来。"

211 假母去了一忽来回说：

212 "海棠姑娘在那里看戏，打发人去叫去了。"

213 从戏院里到鹿和班来回总有三十分钟，这三十分钟中间，质夫觉得好像是被悬挂在空中的样子，正不知如何的消遣才好。他讲了些闲话：一个人觉得无聊，不知不觉，就把两只手抱起膝来。吴风世看了他这样子，就马上用了英文警告他说：

214 "不行不行！抱膝的事，在班子里是大忌的。因为这是闲空的象征。"

215 质夫听了，觉得好笑，便也用了英文问他说：

216 "另外还有什么礼节没有？请你全对我说了罢，免得被他们姑娘笑我。"

217 正说到这里，门帘开了，走进一个年约二十二三，身材矮小的姑娘来,她的青灰色的额角广得很,但是又低得很,头发也不厚,所以一眼看来,觉得她的容貌同动物学上的原始猴类一样。一双鲁钝挂下的眼睛,和一张比较长狭的嘴,一见就可以知道她的性格是忠厚的。她穿的是一件明蓝花缎的夹袄,上面罩着一件雪色大花缎子的背心,底下是一条雪灰的牡丹花缎的短裤。她一进来,荷珠就替她介绍说:

218 "对你的是这一位于老爷,他是新从外国回来的。"

219 质夫心里想,这一位大约就是海棠了。她的面貌却正合我的三个条件,但是她何以会这样一点儿娇态都没有。海棠听了荷珠的话,也不做声,只呆呆的对质夫看了一眼。荷珠问她今天晚上的戏好不好,她就显出了一副认真的样子,说今晚上的戏不好,但是新上台的小放牛却好得很,可惜只看了半出,没有看完。质夫听了她那慢慢的无娇态的话,心里觉得奇怪得很,以为她不像妓院里的姑娘。吴风世等她讲完了话之后,就叫她说:

220 "海棠!到你房里去罢,这一位于老爷是外国人,你可要待他格外客气才行。"

221 质夫风世和荷珠三人都跟了海棠到上房里去。质夫一进海棠的房,就看见一个四十上下的女人,鼻上起了几条皱纹,笑嘻嘻的迎了出来。她的青青的面色,和角上有些吊起的一双眼睛,薄薄的淡白的嘴唇,都使质夫感着一种可怕可恶的印象,她待质夫也很殷勤,但是质夫总觉得她是一个恶人。

222 在海棠房里坐了一个多钟头,讲了些无边无际的话,质夫和凤世都出来了。一出那条狭巷,就是大街,那时候街上的店铺都已闭门,四围静寂得很,质夫忽然想起了英文的"Dead City"两个字来,他就幽幽的对凤世说:

224 "凤世!我已经成了一个 Living Corpse 了。"

225 到十字路口,质夫就和凤世分了手。他们两个各听见各人的脚步声渐渐儿的低了下去,不多一忽,这入人心脾的足音,也被黑暗的夜气吞没下去了。

(1922年2月,选自《寒灰集》)

【解说】

这篇里写一个灰色的颓废的质夫,用以代替作者自己。其特色在表现青年的性的苦闷、变态心理,时时露出对现实社会不满诸点,足以代表作者的风度。

1—32 这里用纯客观的态度描写两个青年,就是质夫和迟生,"背景"是轮船上,"事件"是送行。质夫的性格是苦闷怀疑的,在32节写着,"觉得将亡未亡的中国,将灭未灭的人类,茫茫的长夜,耿耿的秋星,都是伤心的种子"。作者又写质夫是一个病态的青年,在18—24—26诸节里写得明白。

33—65 这里表现质夫的性格更为露骨,作者的手法是用"回忆"和"想象"。在37节里写着"……必要把旧时的恶习改革得干干净净。戒烟戒酒戒女色"。38节里写着,"烟酒非但戒不下,并且更加加深了。女色虽然还没有去接近,但是他的性欲,不过变了一个方向,依旧在那里伸张"。43节以后写质夫和吴迟生的交识,补写质夫的变态心理。

66—84 "事件"是1—32节的继续,写质夫初次投奔中国教育界的情景,重心是心理描写。同时拉一位教务长来陪衬,暴露了中国教育界混乱状况的一角。

85—111 这里写到质夫的变态性欲(拜物狂)。主人公向香烟店的女人讨一根旧的缝衣针和一块用过的旧手帕,拿回来之后就用那针向颊上刺了一下,用那旧手帕揩血。闻闻那旧手帕和针的香味,想想那手帕主人公的态度,"他觉得一种快感,把他全身都浸遍了"。这样的技巧,虽然不是独创的,但在表现主人公的性格上,也收相当的效果。

112—171 "事件"展开,写到A校的风潮。作者虽着重在记叙,但是经过提炼的,所以不觉得琐絮。164节以后,写一个青年学生的纯情,和江杰等人作一巧妙的对照。

172—225 事件再向前进展,写质夫离校以后的生活,仍是寻求性的安慰。176节以下充溢阴郁颓废的情调。224节是一句重要的话,说明质夫的放纵是自觉的(自比活尸)与不自觉的放纵者不同。

一个人在途上

1 在东车站的长廊下和女人分开以后,自家又剩了孤零丁的一个。频年飘泊惯的两口儿,这一回的离散,倒也算不得什么特别,可是端午节那天,龙儿刚死,到这时候北京城里虽已起了秋风,但是计起来,去儿子的死期,究竟还只有一百来天。在车座里,稍稍把意识恢复转来的时候,自家想起了卢骚晚年的作品《孤独散步者的梦想》的头上的几句话:

2 "自家除了己身已外,已经没有弟兄。没有邻人,没有朋友,没有社会了,自家在这世上,像这样的,已经成了一个孤独者了。……"

3 然而当年的卢骚还有弃养在孤儿院内的五个儿子。而我自己哩,连一个抚育到五岁的儿子还抓不住!

4 离家的远别,本来也只为想养活妻儿。去年在某大学的被逐,是万料不到的事情。其后内乱迭起,交通阻绝,当寒冬的十月,会病倒在沪上,也是谁也料想不到的。今年二月,好容易到得南方,静息了一年之半,谁知这刚养得出趣的龙儿,又会遭此凶疾呢?

5　龙儿的病报,本是在广州得着,匆促北航,到了上海,接连接了几个北京来的电报,换船到天津,已经是旧历的五月初十。到家之后,一见了门上的白纸条儿,心里已经是跳得忙乱,从苍茫的暮色里赶到哥哥家中,见了衰病的她,因为在大众之前,勉强将感情压住。草草吃了夜饭,上床就寝,把电灯一灭,两人只有紧抱的痛哭,痛哭,痛哭,只是痛哭,气也换不过来,更那里有说一句话的余裕。

6　受苦的时间,的确脱煞过去得太悠徐,今年的夏季,只是悲叹的连续。晚上上床,两口儿,那敢提一句话?可怜这两个迷散的灵心。在电灯灭黑的黝暗里,所摸走的荒路,每凑集在一条线上,这路的交叉点里,只有一块小小的墓碑,墓碑上只有"龙儿之墓"的四个红字。

7　妻儿因为在浙江老家内,不能和母亲同住,不得已,而搬往北京。当时我在寄食的哥哥家去,是去年的四月中旬。那时候龙儿正长得肥满可爱,一举一动,处处叫人欢喜。到了五月初,从某地回京,觉得哥哥家太狭小,就在什刹海的北岸,租定了一间渺小的住宅。夫妻两个,日日和龙儿伴乐,闲时也常在北海的荷花深处,及门前的杨柳阴中带龙儿去走走。这一年的暑假,总算过得最快乐,最闲适。

8　秋风吹叶落的时候,别了龙儿和女人,再上某地大学去为朋友帮忙,当时他们俩还往西车站去送我来哩!这是去年秋晚的事情,想起来还同昨日的情形一样。

9　过了一月,某地的学校里发生事情,又回京了一次,在什刹海小住了两星期,本来打算不再出京了,然碍于朋友的面子,又不得不于一天寒风刺骨的黄昏,上西车站去趁车。这时候因为怕龙儿要哭,自己和女人吃过晚饭,便只说要往哥哥家里去,只许他送我们到门口。记得那一天晚上他一个人和老妈子立在门口,等我们俩去了好远,还"爸爸!爸爸!"的叫了好几声。啊啊,这几声的呼唤,是我在这世上听到他叫我的最后的声音!

10 出京之后,到某地住了一宵,就匆促逃往上海。接续便染了病,遇了强盗辈的争夺政权,其后赴南方暂住,一直到今年的五月,才返北京。

11 想起来,龙儿实在是一个填债的儿子,是当乱离困厄的这几年中间,特来安慰我和他娘的愁闷的使者!

12 自从他在安庆生落地以来,我自己没有一天脱离过苦闷,没有一处安住到五个月以上。我的女人,也和我分担着十字架的重负,只是东西南北的奔波飘泊。然当日夜难安,悲苦得不了的时候,只教他的笑脸一开,女人和我,就可以把一切穷愁,丢在脑后。而今年五月初十待我赶到北京的时候,他的尸体,早已在妙光阁的广谊园地下躺着了。

13 他的病,说是脑膜炎。自从得病之日起,一直到旧历端午节的午时绝气的时候止,中间经过有一个多月的光景。平时被我们宠坏了的他,听说此番病里,却乖顺得非常。叫他吃药,他就大口的吃,叫他用冰枕,他就很柔顺的躺上。病后还能说话的时候,只问他的娘,"爸爸几时回来?""爸爸在上海为我定做的小皮鞋,已经做好了没有?"我的女人,于惑乱之余,每幽幽的问他:"龙!你晓得你这一场病,会不会死的?"他老是很不愿意的回答说:"那儿会死的哩?"据女人含泪的告诉我说,他的谈吐,绝不似一个五岁的小儿。

14 未病之前一个月的时候,有一天午后他在门口玩耍,看见西面来了一乘马车,马车里坐着一个戴白灰色帽子的青年。他远远看见,就急忙丢下了伴侣,跑进屋里去叫他娘出来,说:"爸爸回来了,爸爸回来了!"因为我去年离京时所戴的,是一样的一顶白灰呢帽。他娘跟他出来到门前,马车已经过去了,他就死劲地拉住了他娘,哭喊着说:"爸爸怎么不回家来呢?爸爸怎么不家来呢?"他娘说慰了半天,他还尽是哭着,这也是他娘含泪和我说的。现在回想起来,自己实在不该抛弃了他们,一个人在外面流荡,致使他那小小的灵心,常有望远思亲之痛。

15 去年六月,搬住什刹海之后,有一次我们在堤上散步,因为他看见了人家的汽车,硬是哭着要坐,被我痛打了一顿。又有一次,也是因为要穿洋服,受了我的毒打。这实在只能怪我做父亲的没有能力,不能做洋服给他穿,雇汽车给他坐。早知他这样的早死,我就是典当抢劫,也应该去弄一点钱来,满足他的无邪的欲望,到现在追想起来,实在觉得对他不起,实在是我太无容人之量了。

16 我女人说,濒死的前五天,在病院里,叫了几夜的爸爸!她问他"叫爸爸干什么?"他又不响了,停了一会,就又再叫起来,到了旧历五月初三日,他已入了昏迷状态,医师替他抽骨髓,他只会直叫一声"干吗?"喉头的气管,咯咯在抽咽,眼睛只往上吊送,口头流些白沫,然而一口气总不肯断。他娘哭叫几声"龙!龙!"他的眼角上,就迸流

下眼泪出来,后来他娘看他苦得难过,倒对他说:

17 "龙,你若是没有命的,就好好的去吧!你是不是想等爸爸回来?就是你爸爸回来,也不过是这样的替你医治罢了。龙!你有什么不了的心愿呢?龙!与其这样的抽咽受苦,你还不如快快的去吧!"

18 他听了这一段话,眼角上的眼泪,更是涌流得厉害。到了旧历端午节的午时,他竟等不着我的回来,终于断气了。

19 丧葬之后,女人搬往哥哥家里,暂住了几天。我于五月十日晚上,下车赶到什刹海的寓宅,打门打了半天,没有应声。后来抬头一看,才见了一张告示邮差送信的白纸条。

20 自从龙儿生病以后连日夜看护久已倦了的她,又那里经得起最后的这一个打击?自己当到京之夜,见了她的衰容,见了她的眼泪,又那里能够不痛哭呢?

21 在哥哥家里小住了两三天,我因为想追求龙儿生前的遗迹,一定要女人和我仍复搬回什刹海的住宅去住它一两个月。

22 搬回去那天,一进上屋的门,就见了一张被他玩破的今年正月里的花灯,听说这张花灯,是南城大姨妈送他的,因为他自家烧破了一个窟窿,他还哭过好几次来的。

23 其次,便是上房里砖上的几堆烧纸钱的痕迹!当他下殓时烧的。

24 院子里有一架葡萄,两棵枣树,去年采取葡萄枣子的时候,他站在树下,兜起了大褂,仰头在看树上的我。摘取了一颗,丢入了他的大褂斗里,他的哄笑声,要继续到三五分钟。今年这两棵枣树,结满了青青的枣子,风起的半夜里,老有熟极的枣子辞枝自落。女人和我,睡在床上,有时候且哭且谈,总要到更深人静,方能入睡。在这样的幽幽的谈话中间,最怕听的,就是这滴答的坠枣之声。

25 到京的第二日,和女人去看他的坟墓。先在一家南纸铺里买了许多冥府的钞票,预备去烧送给他,直到到了妙光阁的广谊园茔地门前,她方从呜咽里清醒过来,说:"这是钞票,他一个小孩如何用得呢?"就又回车转来,到琉璃厂去买了些有孔的纸钱。她在坟前哭了一阵,把纸钱钞票烧化的时候,却叫着说:

26 "龙!这一堆是钞票,你收在那里,待长大了的时候再用。要买什么,你先拿这一堆钱去用罢!"

27 这一天在他的坟上坐着,我们直到午后七点,太阳平西的时候,才回家来,临走的时候,他娘又哭叫着说:

28 "龙!龙!你一个在这里不怕冷静的么?龙!龙!人家若来欺你,你晚上来告诉娘罢!你怎么不想回了来呢?你怎么梦也不来托一个呢?"

29 箱子里,还有许多散放着的小衣服。今年北京的天气,到七月中旬,已经是很冷了。当微凉的早晚,我们俩都想换上几件夹衣,然而因为怕见到他旧时的夹衣袍袜,我们俩却尽是一天一天的捱着,谁也不说出口来,说"要换上件夹衫"。

30 有一次和女人在那里睡午觉,她骤然从床上坐了起来,鞋也不拖。光着袜子,跑上了上房起坐室里,并且更掀帘跑到外面院子里去。我也莫名其妙跟着她跑到外面的时候，只见她在那里四面找寻什么，找寻不着，呆立了一会，她忽然放声哭了起来，并且抱住了我急急的追问说："你听不听见？你听不听见？"哭完之后，她才告诉我说，在半醒半睡的中间，她听见"娘！娘！"的叫了两声，的确是龙的声音，她很坚硬的说："的确是龙回来了。"

31　北京的朋友亲戚，为安慰我们起见，今年夏天常请我们俩去吃饭听戏；她老不愿意和我同去，因为去年的六月，我们无论上那里去玩，龙儿是常和我们在一处的。

32　今年的一个暑假，就是这样的，在悲叹和幻梦的中间消逝了。

33　这一回南方来催我就道的信，过于匆促，出发之前，我觉得还有一件大事情没有做了。

34　中秋节前新搬了家，为修理房屋，部署杂事，就忙了一个星期。出发之前，又因了种种琐事，不能抽出空来，再上龙儿的墓地里去探望一回。女人上东车站来送我的时候，我心里尽酸一阵痛一阵的在回念这一件恨事。有好几次想和她说出来，教她于两三日后再往妙光阁去探望一趟，但见了她的憔悴尽的颜色，和苦忍住的凄楚，又终于一句话也没有讲成。

35　现在去北京远了，去龙儿更远了，自家只一个人，只是孤零丁的一个人，在这继续此生中大约是完不了的飘泊。

(1926年10月5日作，选自《寒灰集》)

【解说】

这是一篇真实生活的记录，用第一人称的叙述，表现作者的纯情，一种父性的爱充溢在纸面。同时申诉自己的哀愁苦闷，感伤的情调极浓厚。

1—4 写自己的潦倒孤寂。重要的地方是第 4 节。暗示社会的动摇与不安。

5—6 表现作者的悲痛。

7—12 这里写自己的漂泊和龙儿的可爱。

13—14 写龙儿的病前和病后，凄凉欲绝。

15—18 写龙儿的死，注意 16—17 两节。这样的表现，阅者受到难于消蚀的印象。

19—21 想要追寻龙儿生前的遗迹，搬回旧寓，沉痛至极，这几节显示作者技巧的简练。

22—24 对于亡儿的追怀，这是血泪的表现。

25—28 以前没有用力写龙儿的母亲，到这里便写她在坟前烧化纸钱。两节的表现，胜过万言的叙述。

29—31 写前面四节的引申，令阅者的感动更深厚些。

32—35 作者又上了流浪的旅途，与前面的 1—4 节在所写的照应，注意 34 节的描绘。这是"生离死别"的人生缩影。

参考资料

五六年来创作生活的回顾

郁达夫

一个人活在世上,生了两只脚,天天不知不觉地,走来走去走的路真不知有多少。你若不细想则已,你若回头来细想一想,则你所已经走过的路线,和将来不得不走的路线,实在是最自然,同时也是最复杂,最奇怪的一件事情。

面前的小小的一条路,你转湾抹角的走去,走一天也走不了,走一年也走不了,走一辈子也走不了,有时候你以为是没有路了,然而几个圈围一打,则前面的坦道,又好好的在你的眼前。今天的路,是昨天的续,明天的路,一定又是今天的延长,约而言之,我们所走的路,是继续我们父祖的足迹,而将来我们的子孙所走之路,又是和我们的在一条延长线上的。

外国人说,"各条路都引到罗马去",然而到了罗马之后,或是换一条路换一个方向走去,或是循原路而回,各人的前面,仍旧是有路的,罗马决不是人生行路的止境。

所以我们在不知不觉的中间,一步一步在走的路,你若把它接合起来,连成了一条直线来回头一看,实在是可以使人惊骇的一件事情。

路是如此,我们的心境行动,也是如此,你若把过去的一切,平铺起来,回头一看,自家也要骇一跳。因为自家以为这样平庸的一个过去,回顾起来,也有那么些个曲折,那么些个长度。

我在过去的创作生活,本来是不自觉的。平时为朋友所催促,或境遇所逼迫,于无聊之际,拿起笔来写写,不知不觉的五六年间,总计起来,也居然积写了五六十万字。两年前头,应了朋友之请,想把三十岁以前做的东西,汇集在一处,出一本全集。后来为饥寒所驱使,乞食四方,车无停辙,这事情也就搁起。去年冬天,从广州回到了上海,什么事情也不干,偶尔一检,将散佚的作品先检成了一本《寒灰》,其次把《沉沦》《茑萝》两集,修改了一下,订成了一本《鸡肋》。现在又把上两集所未录的稿子修辑成功,编成了这一本《过去》。

对于全集出书的意见,和各集写成当时的心境环境,都已在上举两集的头上说过了,现在我只想把自己的"如何的和小说发生关系","如何的动起笔来",又"对于创作,有如何的一种成见",等等,来乱谈一下。

我在小学中念书的时候,是一个品行方正的模范学生,学校的功课做得很勤,空下来的时候,只读读《四史》和唐诗古文,当时正在流行的《礼拜六》派前身的那些肉麻小说和林畏庐的翻译说部,一本也没有读过。只有那年正在小学校毕业的暑假里,家里的一只禁阅书箱开放了,我从那只箱里,拿出了两部书来,一部是《石头记》,一部是《六才子》。

暑假以后,进了中学校,礼拜天的午后,我老到当时旧书铺很多的梅花碑去散步。有一天在一家旧书铺里买了一部《西湖佳话》,和一部《花月痕》。这两部书,是我有意看中国小说的时候,和我相接触的最初的两部小说。这一年是宣统二年,我在杭州的第一中学里读书。

第二年武昌革命军起了事,我于暑假中回到故乡,秋季开学的时候,省立各学校,都因为时局关系,关门停学,我就改入了一个教会学校。那时候的教会学校程度很低,我于功课之外,有许多闲暇,于是就去买了些浪漫的曲本来看,记得《桃花扇》和《燕子笺》,是我当时最爱读的两本戏曲。

这一年的九月里去国,到日本之后,拼命的用功补习,于半年之中,把中学校的课程全部修完。翌年三月,是我十八岁的春天,考入了东京第一高等学校的预科。这一年的功课虽则很紧,但我在课余之暇,也居然读了两本俄国杜儿葛纳夫的英译小说,一本是《初恋》,一本是《春潮》。

和西洋文学的接触开始了,以后就急转直下,从杜儿葛纳夫到托尔斯泰,从托尔斯泰到独思托以夫斯基、高尔基、契诃夫。更从俄国作家,转到德国各作家的作品上去,后来甚至于弄得把学校的功课丢开,专在旅馆里读当时流行的所谓软文学作品。

在高等学校里住了四年,共计所读的俄、德、英、日、法的小说,总有一千部内外,后来进了东京的帝大,这读小说之癖,也终于改不过来,就是现在,于吃饭做事之外,坐下来读的,也以小说为最多。这是我和西洋小说发生关系以来的大概情形,在高等学校的神经病时代,说不定也因为读俄国小说过多,致受了一点坏的影响。

至于我的创作,在《沉沦》以前,的确没有做过什么可以记述的东西,若硬要我说出来,那么我在去国之先,曾经做过一篇模仿《西湖佳话》的叙事诗,在高等学校时代,曾经做过一篇记一个留学生和一位日本少女的恋爱的故事。这两篇东西,原稿当然早已不在,就是篇中的情节,现在也已经想不出来了。我的真正的创作生活,还是于《沉沦》发表以后起的。

写《沉沦》各篇的时候,我已在东京的帝大经济学部里了,那时候生活程度很低,学校的功课很宽,每天于读小说之暇,大半就在咖啡馆里找女孩子喝酒,谁也不愿意用功,谁也想不到将来会以小说吃饭,所以《沉沦》里的三篇小说,完全是游戏笔墨,既无真生命在内,也不曾加以推敲,经过磨琢的。记得《沉沦》那一篇东西写好之后,曾给几位当时在东京的朋友看过,他们读了,非但没有什么感想,并且背后头还在笑我说:"这一种东西,将来是不是可以印行的?中国那里有这一种体裁?"因为当时的中国,思想实在还混乱得很,适之他们的《新青年》,在北京也不过博得一小部分的学生的同情而已;大家决不想到变迁会这样的快的。

后来《沉沦》出了书，引起了许多议论，一九二二年回国以后，另外也找不到职业，于是做小说卖文章的自觉意识，方才有点抬起头来了。接着就是《创造》《周报》《季刊》等的发行，这中间生活愈苦，文章也做得愈多，一九二三的一年，总算是我的 Most Productive 的一年，在这一年之内，做的长短小说和议论杂文，总有四十来篇。（现在在这集里所收的，是以这一年的作品为最多）。这一年的9月，受了北大之聘，到北京之后，因为环境的变迁和预备讲义的忙碌，在一九二四年中间，心里虽感到了许多苦闷焦躁，然而作品终究不多。在这一期的作品里，自家觉得稍为满意的，都已收在《寒灰集》里了，所以在这集里，所收特少。

一九二五年，是不言不语、不做东西的一年。这一年在武昌大学里教书，看了不少的阴谋诡计，读了不少的线装书籍，结果终因为武昌的恶浊空气压人太重，就匆匆的走了。自我从事于创作以来，像这一年那么的心境恶劣的经验，还没有过。在这一年中，感到了许多幻灭，引起了许多疑心，我以为以后我的创作力将永久地消失了。后来回到上海来小住，闲时也上从前住过的地方去走走，一种怀旧之情，落魄之感，重新将我的创作欲唤起，一直到现在止，虽则这中间，也曾南去广州，北返北京，行色匆匆，不曾坐下来做过伟大的东西，但自家想想，今后仿佛还能够奋斗。还能够重新回复一九二三年当时的元气的样子。

至于我的对于创作的态度，说出来，或者人家要笑我，我觉得"文学作品，都是作家的自叙传"这句话，是千真万真的，客观的态度，客观的描写,无论你客观到怎么样一个地步,若真的纯客观的态度,纯客观的描写是可能的话,那艺术家的才气可以不要,艺术家存在的理由,也就消灭了。左拉的文章,若是纯客观的描写的标本,那么他著的小说上,何必要署左拉的名呢?他的弟子做的文章,岂不是同他一样的么?他的弟子的弟子做的文章,又岂不是也和他一样的么?所以我说,作家的个性,是无论如何,总须在他的作品里头保留着的。作家既有了这一种强的个性,他只要能够修养,就可以成为一个有力的作家,修养些什么呢?就是他一己的体验,美国有一位有钱的太太,因为她儿子想做一个小说家(她家儿子是曾在哈佛大学文科毕业的)。有一次她写信去问 Maugham(毛姆),要如何才可以使她的儿子成名。M.氏回答她说:"给他两千块金洋钱一年,由他去鬼混去!"(Give him two thousand dollars a year, and let him go to devils!)我觉得这就是作家要尊重自己一己的体验的证明。

  关于这一层,我也和一位新进作家讨论过好几次,我觉得没有这一宗经验的人,决不能凭空捏造,做关于这一宗事情的小说。所以我主张,无产阶级的文学,非要由无产阶级自身来创造不可。他反驳我说:"那么许多大文豪的小说里,有杀人做贼的事情描写在那里,难道他们真的去杀了人做了贼了么?"我觉得他这一句话,仍旧是驳我不倒。因为那些大文豪的小说里所描写的杀人做贼,只是由我们这些和作家一样的也无杀人做贼的经验的人看起来有趣而已,若果真教杀人者做贼者看起来,恐怕他们不但不能感动,或者也许要笑作家的浅薄哩!

所以我对于创作，抱的是这一种态度，起初就是这样，现在还是这样，将来大约也是不会变的。我觉得作者的生活，应该和作者的艺术紧抱在一块，作品里的 Individuality 是决不能丧失的。若有人以为这一种见解是错的，那么请他指出证据来，或者请他自己做出几篇可以证明他的主张的作品来，那更是我所喜欢的了。

于"过去"一集编了之后，回顾了一下从前的经过，感慨正是不少，现在可惜我时间没有，不能详细地写它出来，勉强做了这一段短文，聊把它来当序。

（录自《过去集》）

- 模范小说选 -

附录

文学和人的关系

沈雁冰

我们试把一部二十四史翻开来,查查他的《文苑列传》,我们——如果我们的思想是不受传统主义束缚的——要有什么感想?我们试把古来大文学家的文集翻开来,查查他们的文学定义(就是当文学是一种什么东西),我们更要有什么感想?

第一,我们查《文苑列传》时,一定会看见文学者——词赋之臣——常被帝王视为粉饰太平的奢侈品,所谓"待诏金马之门",名称是很好听的,实际上只是帝王的"弄臣"。所以东方朔要愤愤不平,杨雄也要说"雕虫小技,壮夫不为";不但帝王是如此,即如达官贵人富商土豪都可以用金钱雇买几个文学之士来装点门面,混充风雅。吕不韦一个赵贾,得志后也要招收文人来做部《吕氏春秋》,淮南王梁王等莫不广收文人,撑撑场面,还欲妄想身后之名;这一类的例,真是不胜枚举。然而尚算两汉之时,文人有些气节,帝王诸侯达官土豪也知道相当的敬重文士呢,下此更不堪说了。所以,在中华的历史里,文学者久已失却独立的资格,被人认作附属品装饰物了。文学之士在此等空气底下，除掉少数有骨气的人不肯为王门筝人，其余的大多数，居然自己辱没，自认是粉饰太平，装点门面的附属品！岂但肯辱没，肯自认而已，他们还以为"际此盛世"真是莫大之幸呢！岂但文学之士自己庆幸而已，就是比文学之士略高一些的"史臣"，也要执笔大书特书皇帝陛下如何稽古右文，崇奖文士呢！这样的态度，便是我国自来对待文学者的态度了；附属品，装饰物，便是我国自来文学者的身分了！这样的感想，我们看中国史时每每要感触的啊！这是第一。

第二，文人把文学当做一件什么东西？这也是不待深思便说得出来的。我们随便翻到那个文学者的集子，总可以看见"文以载道"这一类气味的话，很难得几篇文字是不攻击稗官小说的，很难得几篇文字是不以"借物立言"为宗旨的。所以"登高而赋"，也一定要有忠君爱国不忘天下的主意放在赋中；触景做诗，也一定要有规世惩俗不忘圣言的大道理放在诗中。做一部小说，也一定要加上劝善罚恶的头衔，便是著作者自己不说这话，看的人评的人也一定要送他这个美号。总而言之，他们都认文章是有为而作，文章是替古哲圣贤宣传大道，文章是替圣君贤相歌功颂德，文章是替善男恶女证明果报不爽罢了。这是文学者对于文学的一个见解。还有一个绝相反而同是不合理的见解，就是只当做消遣品。得志的时候固然要借文学来说得意话，失意的时候也要借文学来发牢骚。原来文学诚然不是绝对不许作者抒写自己的情感，只是这情感决不能仅属于作者一己的一时的偶然的。属于作者一己的一时的偶然的，诚然也能成为好的美的文学作品，但只是作者一人的文学罢了，不是时代的文学，更说不上什么国民文学了。我国古时的文学大半有这缺点。所以综合地看来,我国古来的文学者只晓得有古哲圣贤的遗训,不晓得有人类的共同情感;只晓得有主权,不晓得有客观;所以他们的文学,是和人类隔绝的,是和时代隔绝的,不知有人类的,不知有时代的!这便是我们翻开各家集子搜寻他们文学定义时,常常要触着的感想了!这是第二。

从这两种感想便又带着来了第三个感想:我们中华的国民文学为什么至今未确立,我们中华的文学为什么不能发达得和西洋诸国一样?这也不待深思而立刻可以回答的。这都因我们一向不知道文学和人的关系,一向不明白文学者在一国文化中的地位,所以弄得如此啊!

且慢讲什么是文学和人的关系,先看一看世界文学的进化是由怎样一个过程来的。我们应晓得以上所述的一二两个感想倒也不是专限于中国,我们读任何国的文学史时都不免有这种感想。譬如英国罢,英国也经过朝廷奖重文学和贵阀巨室奖重文学的时代,和我国的情形差不多。所不同者,他们文学者自身对于文学的观念,却和我国大不相同,他们不曾把文学当做圣贤的留声机,不知道"文以载道","有为而作",他们却发现了一件东西,叫做"个性",次第又发见了社会,国家,和民众,所以他们的文学,进化到了现在的阶段。文学进化已见的阶段是:

  太古——个人的 中世——帝王贵阀的 现代——民众的

这上两阶段,他们都曾经过,和我们一样,我们现在是从第二段到第三段的时期,我们未始不可以在极短的时间内赶上去,我们安得自己菲薄?

文学和人的关系也是可以几句话直截了当回答的。文学属于人(即著作家)的观念,现在是成过去的了;文学不是作者主观的东西,不是一个人的,不是高兴时的游戏或失意时的消遣。反过来,人是属于文学的了。文学的目的是综合地表现人生,不论是用写实的方法,是用象征比譬的方法,其目的总是表现人生,扩展人类的喜悦和同情,有时代的特色做他的背景。文学到现在也成了一种科学,有他研究的对象,便是人生——现代的人生;有他研究的工具,便是诗(Poetry)、剧本(Drama)、说部(Fiction)。文学者只可把自身来就文学的范围,不能随自己的喜悦来支配文学了。文学者表现的人生应该是全人类的生活,用艺术的手段表现出来,没有一毫私心,不存一些主观。自然,文学作品中的人也有思想,也有情感;但这些思想和情感一定确是属于民众的,属于全人类的,而不是作者个人的。这样的文学,不管他浪漫也好,写实也好,表神秘都也好;一言以蔽之,这总是人的文学——真的文学。

这样的人的文学——真的文学——,才是世界语言文字未能划一以前的一国文字的文学。这样的文学家所负荷的使命,就他本国而言,便是发展本国的国民文学,民族的文学;就世界而言,便是要连合促进世界的文学。在我们中国的现在呢,文学家的大责任便是创造并确立中国的国民文学。改正古人对于文学的见解,如上面所说的:这是现在研究文学者的责任了。提高文学者的身分,觉悟自己的使命:这更是我们所决不可忘的啊。

"我来服役于人,非服役人"。文学者必不可不如此想。文学家是来为人类服务,应该把自己忘了,只知有文学;而文学呢,即等于人生!这是最新的福音,我国文学的不发达,患在没有听到这个福音,错了路子,并非因为我们文学家没有创造力,不会应用创造力;文学家对于文学本义的误认及社会上对于文学家责任的误认,尤是错了路子的根本原因。

所以我们现在的责任:一方是要把文学与人的关系认得清楚,自己努力去改造;一方是要矫正一般社会对于文学者身分的误认。"装饰品"的时代已经过去,文学者现在是站在文学进程中的一个重要分子;文学作品不是消遣品了,是沟通人类感情代全人类呼吁的唯一工具,从此,世界上不同色的人种可以融化,可以调和。而在我们中国的文学者呢,更有一个先决的重大责任,就是创造我们的国民文学!

(选自《小说月报》)

建设的文学革命论

胡 适

一

我的《文学改良刍议》[注1]发表以来,已有一年多了。这十几个月之中,这个问题居然引起了许多很有价值的讨论,居然受了许多很可使人乐观的响应。我想我们提倡文学革命的人,固然不能不从破坏一方面下手。但是我们仔细看来,现在的旧派文学实在不值得一驳。什么桐城派的古文[注2]哪,文选派的文学[注3]哪,江西派的诗[注4]哪,梦窗派的词[注5]哪,《聊斋志异》派的小说[注6]哪——都没有破坏的价值。他们所以还能存在国中,正因为现在还没有一种真有价值、真有生气、真可算作文学的新文学起来代他们的位置。有了这种"真文学"和"活文学",那些"假文学"和"死文学"自然会消灭了。所以我望我们提倡文学革命的人,对于那些腐败文学,个个都该存一个"彼可取而代也"的心理,个个都该从建设一方面用力,要在三五十年内替中国创造出一派新中国的活文学。

我现在做这篇文章的宗旨,在于贡献我对于建设新文学的意见。我且先把我从前所主张破坏的八事引来做参考资料:

1. 不做"言之无物"的文字;

2. 不做"无病呻吟"的文字;

3. 不用典;

4. 不用套语烂调;

5. 不重对偶:——文须废骈,诗须废律;

6. 不做不合文法的文字;

7. 不摹仿古人;

8. 不避俗话俗字。

这是我的"八不主义",是单从消极的、破坏的一方面着想的。

自从去年归国以后,我在各处演说文学革命,便把这"八不主义"都改作了肯定的口气又总括作四条,如下:

一,要有话说,方才说话。这是"不做言之无物的文字"一条的变相。

二,有什么话,说什么话;话怎么说,就怎样说。这是(二)(三)(四)(五)(六)诸条的变相。

三,要说我自己的话,别说别人的话。这是"不摹仿古人"一条的变相。

四,是什么时代的人,说什么时代的话。这是"不避俗话俗字"的变相。

这是一半消极,一半积极的主张。一笔表过,且说正文。

二

我的《建设新文学论》的唯一宗旨只有十个大字:"国语的文学,文学的国语。"我们所提倡的文学革命,只是要替中国创造一种国语的文学。有了国语的文学,方才可有文学的国语。有了文学的国语,我们的国语才可算得真正国语。国语没有文学,便没有生命,便没有价值,便不能成立,便不能发达。这是我这一篇的文字的大旨。

我曾仔细研究:中国这二千年何以没有真有价值真有生命的"文言的文学"?我自己回答道:"这都因为这二千年的文人所做的文学都是死的,都是用已经死了的语言文字做的。死文字决不能产出活文学。所以中国这二千年只有些死文章,只有些没有价值的死文学。"

我们为什么爱读《木兰辞》[注7]和《孔雀东南飞》[注8]呢?因为这两首诗是用白话做的。为什么爱读陶渊明的诗和李后主[注9]的词呢?因为他们的诗词是用白话做的。为什么爱杜甫[注10]的《石壕吏》《兵车行》诸诗呢?因为他们都是用白话做的。为什么不爱韩愈[注11]的《南山》呢?因为他用的是死字死话。……简单说来,自从《三百篇》[注12]到现在,中国的文学凡是有一些价值,有一些儿生命的都是白话的,或是近于白话的。其余的都是没有生气的古董,都是博物院中的陈列品!

再看近世的文学:何以《水浒传》《西游记》《儒林外史》《红楼梦》可以称为"活文学"呢?因为他们都是用一种活文字做的。若是施耐庵[注13]、吴承恩、吴敬梓、曹雪芹[注14]，都用了文言做书，他们的小说一定不会有这样生命，一定不会有这样价值。

读者不要误会；我并不会说凡是用白话做的书都是有价值生命的。我说的是：用死了的文言决不能做出有生命有价值的文学来，这一千多年的文学，凡是有真正文学价值的，没有一种不带有白话的性质，没有一种不靠这个"白话性质"的帮助。换言之：白话能产出有价值的文学，也能产出没有价值的文学。但是那已死的文言只能产出没有价值没有生命的文学，决不能产出有价值、有生命的文学；只能做几篇"拟韩退之《原道》"或"拟陆士衡[注15]《拟古》"，决不能做出一部《儒林外史》。若有人不信这话，可先读明朝古文大家宋濂的《王冕传》，再读《儒林外史》第一回的《王冕传》，便可知道死文学和活文学的分别了。

为什么死文字不能产生活文学呢？这都由于文学的性质。一切语言文字的作用在于达意表情；达意达得妙，表情表得好，便是文学。那些用死文言的人，有了意思，却须把这意思翻成几千年前的典故；有了感情，却须把这感情译为几千年前的文言。明明是客子思家，他们须说"王粲登楼""仲宣作赋"[注16]；明明是送别，他们却须说"《阳关》三叠""一曲《渭城》"[注17]；明明是贺陈宝琛七十岁生日，他们却须说是贺伊尹、周公、傅说[注18]。更可笑的：明明是乡下老太婆说话，他们却要叫他打起唐宋八家的古文腔儿，……请问这样做文章如何能达意表情呢？既不能达意，既不能表情，那里还有文学呢？即如那《儒林外史》里的王冕，是一个有感情，有血气，能生动，能谈笑的活人。这都因为做书的人能用活言语活文字来描写他的生活神情。那宋濂集子里的王冕[注19]，便成了一个没有生气，不能动人的死人。为什么呢？因为宋濂用了二千年前的死文字来写二千年后的活人；所以不能不把这个活人变作二千年前的木偶，才可合那古文家法。古文家法是合了，那王冕也真"作古"了！

因此我说，"死文言决不能产出活文学"。中国若想有活文学，必须用白话，必须用国语，必须做国语的文学。

三

上节所说，是从文学一方面着想，若要活文学，必须用国语。如今且说从国语一方面着想，国语的文学有何等重要。

有些人说："若要用国语做文学，总须先有国语。如今没有标准的国语，如何能有国语的文学呢？"我说这话似乎有理，其实不然。国语不是单靠几位言语学的专门家就能造得成的；也不是单靠几本国语教科书和几部国语字典就能造成的。若要造国语，先须造国语的文学。有了国语的文学，自然有国语。这话初听了似乎不通。但是列位仔细想想便可明白了。天下的人，谁肯从国语教科书和国语字典里面学习国语？所以国语教科书和国语字典，虽是很要紧，决不是造国语的利器。真正有功效有势力的国语教科书，便是国语的文学；便是国语的小说、诗文、戏本。国语的小说、诗文、戏本通行之日，便是中国国语成立之时。试问我们今日居然能拿起笔来做几篇白话文章,居然能写得出好几百个白话的字,可是从什么白话教科书上学来的吗?可不是从《水浒传》《西游记》《红楼梦》《儒林外史》等书学来的吗?这些白话文学的势力,比什么字典教科书都还大几百倍。《字典》说"这"字该读"鱼彦反",我们偏读他做"者个"的者字。《字典》说"么"字是"细小",我们偏把他用作"什么""那么"的么字。《字典》说"没"字是"沉也","尽也",我们偏用他做"无有"的"无"字解。《字典》说"的"字有许多意义,我们偏把他用来代文言的"之"字、"者"字、"所"字和"徐徐尔、纵纵尔"的"尔"字。……总而言之,我们今日所用的"标准白话",都是这几部白话的文学定下来的。我们今日要想重新规定一种"标准国语",还须先造无数国语的《水浒传》《西游记》《儒林外史》《红楼梦》。

所以我以为我们提倡新文学的人,尽可不必问今日中国有无标准国语。我们尽可努力去做白话的文学。我们可尽量采用《水浒》《西游记》《儒林外史》《红楼梦》的白话;有不合今日的用的,便不用他;有不够用的,便用今日的白话来补助;有不得不用文言的,便用文言来补助。这样做去,决不愁语言文字不够用;也决不用愁没有标准白话。中国将来的新文学用的白话,就是将来中国的标准国语。造中国将来白话文学的人,就是制定标准国语的人。

我这种议论并不是"向壁虚造"的,我这几年来研究欧洲各国国语的历史,没有一种国语不是这样造的。没有一种国语是教育部的老爷们造成的。没有一种是言语学专门家造成的。没有一种不是文学家造成的。我且举几条例为证:

1. 意大利

五百年前,欧洲各国但有方言,没有"国语"。欧洲最早的国语是意大利文。那时欧洲各国的人多用拉丁文著书通信。到了十四世纪的初年,意大利的大文学家但丁(Dante)极力主张用意大利话来代拉丁文。他说拉丁文是已死了的文字,不如他本国俗话的优美。所以他自己的杰作"喜剧",全用脱斯基尼(Tuscany),(意大利北部的一邦)的俗话,这部"喜剧",风行一世,人都称他做"神圣喜剧"。那"神圣喜剧"的白话,后来便成了意大利的标准国语。后来的文学家包卡嘉[注20](Boccacio, 1313—1375)和洛伦查[注21](Lorenzo de Medici)诸人,也都用白话作文学。所以不到一百年,意大利的国语便完全成立了。

2. 英国

英伦虽只是一个小岛国,却有无数方言。现在通行全世界的"英文",在五百年前还只是伦敦附近一带的方言,叫做"中部土话"。当十四世纪时,各处的方言都有些人用来做书。后来到十四世纪的末年,出了两位大文学家,一个是赵叟[注22](Chaucer, 1340—1400)一个是威克列夫[注23](Wycliff, 1320—1384)。赵叟做了许多诗歌、散文,都用这"中部土话"。威克列夫把耶教的《旧约》《新约》也都译成"中部土话"。有了这两个人的文学,便把这"中部土话"变成英国的标准国语。后来到了十五世纪,印刷术输进英国,所印的书多用这"中部土话",国语的标准更确定了。到十六、十七两世纪,莎士比亚[注24]和"伊里莎白[注25]时代"的无数文学大家,都用国语创造文学。从此以后,这一部分的"中部土话",不但成了英国的标准国语,几乎竟成了全地球的世界语了!

此外,法国、德国及其他各国的国语,大都是这样发生的,大都是靠着文学的力量才能变成标准的国语的。我也不去一一的细说了。

意大利国语成立的历史,最可供我们中国人的研究。为什么呢?因为欧洲西部北部的新国,如英吉利、法兰西、德意志,他们的方言和拉丁文相差太远了,所以他们渐渐的用国语著作文学,还不算希奇。只有意大利是当年罗马帝国的京畿近地,在拉丁文的故乡;各处的方言又和拉丁文最近。在意大利提倡用白话代拉丁文,真正和在中国提倡用白话代汉文,有同样的艰难。所以英、法、德各国语,一经文学发达以后,便不知不觉的成为国语了。在意大利却不然。当时反对的人很多,所以那时的新文学家,一方面努力创造国语的文学,一方面还要做文章鼓吹何以当废古文,何以不可不用白话。有了这种有意的主张,(最有力的是但丁[Dante]和阿儿白狄[注26][Alberti]两个人)又有了那些有价值的文学,才可造出意大利的"文学的国语"。

我常问我自己道:"自从施耐庵以来,很有了些极风行的白话文学,何以中国至今还不曾有一种标准的国语呢?"我想来想去,只有一个答案。这一千年来,中国固然有了一些有价值的白话文学,但是没有一个人出来明目张胆的主张用白话为中国的"文学的国语"。有时陆放翁[注27]高兴了,便做一首白话诗;有时柳耆卿[注28]高兴了,便做一首白话词;有时朱晦庵[注29]高兴了,便写几封白话信,做几条白话札记;有时施耐庵、吴敬梓高兴了,便做一两部白话的小说。这都是不知不觉的自然出产品，并非是有意的主张。因为没有"有意的主张"，所以做白话的只管做白话，做古文的只管做古文，做八股的只管做八股。因为没有"有意的主张"，所以白话文学从不曾和那些"死文学"争那"文学正宗"的位置。白话文学不成为文学正宗，故白话不曾为标准国语。

我们今日提倡国语的文学，是有意的主张，要使国语成为"文学的国语"。有了文学的国语，方有标准的国语。

四

上文所说"国语的文学，文学的国语"，乃是我们的根本主张。如今且说要实行做到这个根本主张，应该怎样进行。

我以为创造新文学的进行次序，约有三步：1. 工具；2. 方法；3. 创造。前两步是预备，第三步才是实行创造新文学。

1. 工具

古人说得好："工欲善其事，必先利其器"。写字的要笔好，杀猪要刀快。我们要创造新文学，也须先预备下创造新文学的"工具"。我们的工具就是白话。我们有志造国语文学的人，应该赶紧筹备这个万不可少的工具。预备的方法，约有两种：

（甲）多读模范的白话文学

例如《水浒传》《西游记》《儒林外史》《红楼梦》；宋儒语录，白话信札；元人戏曲、明清传奇的说白、唐宋的白话诗词、也该选读。

（乙）用白话作各种文学

我们有志造新文学的人,都该发誓不用文言作文:无论通信、做诗、译书、做笔记、做报馆文章、编学堂讲义、替死人作墓志、替活人上条陈,……都该用白话来做。我们从小到如今,都是用文言作文,养成了一种文言的习惯,所以虽是活了,只会作死人的文字。若不下一些狠劲,若不用点苦工夫,决不能使用白话圆转如意。若单在《新青年》里面做白话文字,此外还依旧做文言的文字,那真是"一日暴之,十日寒之"的政策,决不能磨练成白话的文学家。

不但我们提倡白话文学的人应该如此做去。就是那些反对白话文学的人,我也奉劝他们用白话来做文字。为什么呢?因为他们若不能做白话文字,便不配反对白话文学。譬如那些不认得中国字的中国人,若主张废汉文,我一定骂他们不配开口。若是我的朋友钱玄同要主张废汉文,我决不敢说他不配开口了。那些不会做白话文字的人来反对白话文学,便和那些不懂汉文的人要废汉文,是一样的荒谬,所以我劝他们多做些白话文字,多做些白话诗歌,试试白话是否有文学的价值。如果试了几年,还觉得白话不如文言,那时再来攻击我们,也还不迟。

还有一层,有些人说:"做白话很不容易,不如做文言的省力。"这是因为中毒太深之过。受病深了,更宜赶紧医治。否则真不可救了。其实做白话并不难。我有一个侄儿,今年才十五岁,一向在徽州不曾出过门,今年他用白话写信来,居然写得极好。我们徽州话和官话差得很远,我的侄儿不过看了一些白话小说,便会做白话文字了。这可见做白话并不是难事,不过人性懒惰的居多数,舍不得抛弃"高文典册"的死文字罢了。

2. 方法

我以为中国近来文学所以这样腐败，大半虽由于没有适用的"工具"，但是单有"工具"，没有方法，也还不能造新文学。做木匠的人，单有锯凿钻刨，没有规矩师法，决不能造成木器。文学也是如此。若单靠白话便可造新文学，难道把郑孝胥、陈三立的诗翻成了白话，就可算得新文学了吗？难道那些用白话文的《新华春梦记》[注30]、《九尾龟》[注31]，也可算作新文学吗？我以为现在国内新起的一班"文人"，受病最深的所在，只在没有高明的文学方法。我且举小说一门为例，现在的小说，(单指中国人自己著的)。看来看去，只有两派。一派最下流的，是那些《聊斋志异》的札记小说。篇篇都是"某生，某处人，生有异禀，下笔千言，……一日于某地遇一女郎，……好事多磨，……遂为情死。"或是"某地某生、游某地、眷某妓、情好綦笃、遂订白头之约，……而大妇妒甚，不能相容，女抑郁以死，……生抚尸一恸几绝。"……此类文字，只可抹桌子，固不值一驳。还有那第二派是那些学《儒林外史》或是学《官场现形记》的白话小说。上等的如《广陵潮》[注32]，下等的如《九尾龟》。这一派小说，只学了《儒林外史》的坏处，却不曾学得他的好处。《儒林外史》的坏处在于体裁结构太不紧严，全篇是杂凑起来的。例如娄府一群人，自成一段；杜府两公子自成一段；马二先生又成一段；虞博士又成一段；萧云仙、郭孝子，又各自成一段。分出来，可成无数札记小说；接下去，可长至无穷无极。《官场现形记》[注33]便是这样。如今的章回小说，大都犯这个没有结构,没有布局的懒病。却不知道《儒林外史》所以能有文学价值者,全靠一副写人物的画工本领。我十年不曾读这书了,但是我闭了眼睛,还觉得书中的人物,如严贡生,如马二先生,如杜少卿,如权勿用……个个都是活的人物。正如读《水浒》的人,过了二三十年,还不会忘记鲁智深、李逵、武松、石秀,……一班人。请问列位读过《广陵潮》和《九尾龟》的人,过了两三个月心目中除了一个"文武全才"的章秋谷之外,还记得几个活灵活现的书中人物?——所以我说,现在的"新小说",全是不懂文学方法的。既不知布局,又不知结构,又不知描写人物,只做成了许多又长又臭的文字;只配与报纸的第二张充篇幅,却不配在新文学上占一个位置。——小说在中国近年,比较的说来,要算文学中最发达的一门了。小说尚且如此,别种文学,如诗歌戏曲,更不用说了。

如今且说什么叫做"文学的方法"呢!这个问题不容易回答,况且又不是这篇文章的本题,我且约略说几句。

大凡文学的方法可分三类:

(1)收集材料的方法

中国的"文学",大病在于缺少材料。那些古文家,除了墓志,寿序,家传之外,几乎没有一毫材料。因此,他们不得不做那些极无聊的《汉高帝斩丁公论》,《汉文帝唐太宗优劣论》。至于近人的诗词,更没有什么材料可说了。近人的小说材料,只有三种:一种是官场,一种是妓女,一种是不官而官,非妓而妓的中等社会。(留学生、女学生之可作小说材料者,亦附此类。)除此以外,别无材料。最下流的,

竟至登告白征求这种材料。做小说竟须登告白征求材料,便是宣告文学家破产的铁证。我以为将来的文学家收集材料的方法,约如下:

①推广材料的区域

官场、妓院与龌龊社会三个区域,决不够采用。即如今日的贫民社会,如工厂之男女工人,人力车夫,内地农家,各处大负贩及小店铺,一切痛苦情形,都不曾在文学上占一位置。并且今日新旧文明相接触,一切家庭惨变,婚姻苦痛,女子之位置,教育之不适宜,……种种问题,都可供文学的材料。

②注意实地的观察和个人的经验

现今文人的材料大都是关了门虚造出来的,或是间接又间接的得来的,因此我们读这种小说,总觉得浮泛敷衍,不痛不痒的,没有一毫精彩。真正文学家的材料大概都有"实地的观察和个人自己的经验"做个根底。不能作实地的观察,便不能做文学家;全没有个人的经验,也不能做文学家。

③要用周密的理想作观察经验的补助

实地的观察和个人的经验,固是极重要,但是也不能全靠这两件。例如施耐庵若单靠观察和经验,决不能做出一部《水浒传》。个人所经验的,所观察的,究竟有限。所以必须有活泼精细的理想(imagination),把观察经验的材料,一一的体会出来,一一的整理如式,一一的组织完全;从已知的推想到未知的,从经验过的推想到不曾经验过的,从可观察的推想到不可观察的。这才是文学家的本领。

(2)结构的方法

有了材料,第二步须要讲究结构。结构是个总名词,内中所包甚广,简单说来,可分剪裁和布局两步。

①剪裁

有了材料,先要剪裁,譬如做衣服,先要看那块料可做袍子,那块料可做背心。估计定了,方可下剪。文学家的材料也要如此办理。先须看这些材料该用做小诗呢?还是做长歌呢?该用做章回小说呢?还是做短篇小说呢?该用做小说呢,还是做戏本呢?筹画定了,方才可以剪下那些可用的材料,去掉那些不中用的材料;方才可以决定做什么体裁的文字。

②布局

体裁定了,再可讲布局,有剪裁,方可决定"做什么";有布局,方可决定"怎样做"。材料剪定了,须要筹算怎样做去始能把这材料用得最得当又最有效力。例如唐朝天宝时代的兵祸,百姓的痛苦,都是材料。这些材料,到了杜甫的手里,便成了诗料。如今且举他的《石壕吏》一篇,作布局的例。这首诗只写一个过路的客人一晚上在一个人家内偷听得的事情;只用一百二十个字,却不但把那一家祖孙三代的历史都写出来,并且把那时代兵祸之惨,壮丁死亡之多,差役之横行,小民之苦痛,都写得逼真活现,使人读了生无限的感慨。这是上品的布局工夫。又如古诗"上山采蘼芜,下山逢故夫"一篇,写一家夫妇的惨剧,却不从"某人娶妻甚贤,后别有所欢,遂出妻再娶"说起,只挑出那前妻山上下来遇着故夫的时候下笔,却也能把那一家的家庭情形写得充分满意。这也是上品的布局工夫。——近来的文人全不讲求布局:只顾凑足多少字可卖几块钱;全不问材料用的得当不得当,动人不动人。他们今日做上回的文章,还不知道下一回的材料在何处,这样的文人怎样造得出有价值的新文学呢!

(3)描写的方法

局已布定了,方才可讲描写的方法。描写的方法,千头万绪,大要不出四条:

a. 写人;

b. 写境;

c. 写事;

d. 写情。

写人要举动、口气、身分、才性,……都要有个性的区别:件件都是林黛玉,决不是薛宝钗;件件都是武松,决不是李逵。写境要一喧、一静、一石、一山、一云、一鸟……也都要有个性的区别:《老残游记》的大明湖,决不是西湖,也决不是洞庭湖。写时要线索分明、头绪清楚、近情近理、亦正亦奇。写情要真、要精、要细腻婉转、要淋漓尽致。——有时须用境写人、用情写人、用事写人,有时须用人写境、用事写境、用情写境;……这里面千变万化,一言难尽。

如今且回到本文。这上文所说的:创造新文学的第一步是工具,第二步是方法。方法的大致,我刚才说了。如今且问,怎样预备方才可得着一些高明的文学方法?我仔细想来,只有一条法子:就是赶紧多多的翻译西洋的文学名著做我们的模范。我这个主张,有两层理由:

第一,中国文学的方法实在不完备,不够作我们的模范。即以体裁而论,散文只有短篇,没有布置周密,论理精严,首尾不懈的长篇;韵文只有抒情诗,绝少纪事诗,长篇诗更不曾有过;戏本更在幼稚时代,但略能纪事掉文,全不懂结构;小说好的,只不过三四部,这三四部之中,还有许多疵病;至于最精彩的"短篇小说""独幕戏",更没有了。若从材料一方面看来,中国文学更没有做模范的价值。才子佳人、封王挂帅的小说;风花雪月、涂脂抹粉的诗;不能说理、不能言情的"古文";学这个、学那个的一切文学;这些文学,简直无一毫材料可说。至于布局一方面,除了几首实在好的诗之外,几乎没有一篇东西当得"布局"两个字!——所以我说,从文学方法一方面看去,中国的文学实在不够给我们作模范。

第二,西洋的文学方法,比我们的文学,实在完备得多,高明得多,不可不取例。即以散文而论,我们的古文家至多比得上英国的倍根(Bacon)和法国的孟太恩(Montaigne),至于像柏拉图(Plato)的"主客体",赫胥黎(Huxley)等的科学文字,包士威尔(Boswell)和莫烈(Morley)等的长篇传记,弥儿(Mill)、弗令克林(Franklin)、吉朋(Gibbon)等的"自传",太恩(Taine)和白克儿(Buckle)等的史论;……都是中国从不曾梦见过的体裁。更以戏剧而论,二千五百年前的希腊戏曲,一切结构的工夫,描写的工夫,高出元曲何止十倍。近代的萧士比亚(Shakespeare)和莫逆尔(Molière),更不用说了,最近六十年来,欧洲的散文戏本,千变万化,远胜古代,体裁也更发达了,最重要的,如"问题戏",专研究社会的种种重要问题;"象征戏"(Symbolic Drama),专以美术的手段作的"意在言外"的戏本;"心理戏",专描写种种复杂的心境,作极精密的解剖;"讽刺戏",用嬉笑怒骂的文章,达愤世救世的苦心。更以小说而论,那材料之精确,体裁之完备,命意之高超,描写之工切,心理解剖之细密、社会问题讨论之透彻,……真是美不胜收。至于近百年新创的"短篇小说",真如芥子里面藏着大千世界;真如百炼的精金,曲折委婉无所不可;真可说是开千古未有的创局,掘百世不竭的宝藏。——以上所说,大旨只在约略表示西洋文学方法的完备,因为西洋文学真有许多可给我们作模范的好处,所以我说:我们如果真要研究文学的方法,不可不赶紧翻译西洋的文学名著,做我们的模范。

现在中国所译的西洋文学书,大概都不得其法,所以收效甚少。我且拟几条翻译西洋文学名著的办法如下:

①只译名家著作,不译第二流以下的著作

我以为国内真懂得西洋文学的学者等应该开一会议,公共选定若干种不可不译的第一流文学名著:约数如一百种长篇小说,五百篇短篇小说,三百种戏剧,五十家散文,为第一部"西洋文学丛书",期五年译完,再选第二部。译成之稿,由这几位学者审查,并一一为作长序及著者略传,然后付印;其第二流以下,如哈葛得之流,一概不选。诗歌一类,不易翻译,只可从缓。

②全用白话韵文之戏曲,也都译为白话散文

用古文译书,必失原文的好处。如林琴南的"其女珠,其母下之",早成笑柄,且不必论。前天看见一部侦探小说《圆室案》中,写一位侦探"勃然大怒,拂袖而起"。不知道这位侦探穿的是不是康桥大学的广袖制服!——这样译书,不如不译,又如林琴南把萧士比亚的戏曲,译成了记叙体的古文!这真是萧士比亚的大罪人,罪在《圆室案》译者之上!

③创造

上面所说工具与方法两项,都只是创造新文学的预备。工具用得纯熟自然了,方法也懂了,方才可以创造中国的新文学。至于创造新文学是怎样一回事,我可不配开口了。我以为现在的中国,还没有做到实行预备创造新文学的地步,尽可不必空谈创造的方法和创造的手段,我们现在且先去努力做那第一第二两步预备的工夫罢!

(选自《胡适文存》)

注释(借用赵景深氏的注释)

[注1]《文学改良刍议》:原载《新青年》,现亦收入《胡适文存》。

[注2]桐城派的古文:清方苞、姚鼐、刘大櫆等倡之;以其为桐城人,故名为桐城派。文重韩柳,尤尊归有光。林纾译笔,即拟桐城派者也。

[注3]文选派的文学:此派主张非汉魏以上之书不读,以萧统《文选》为其圭臬。王闿运即被称为选学妖孽者也。

[注4]江西派的诗:祖江西人黄庭坚,诗以生涩为尚。郑孝胥、陈三立等均是。详见《宋诗研究》(大东版),内述清人学江西派诗之渊源流派甚详。

[注5]梦窗派的词:梦窗即南宋词人吴文英之号。此派之词徒堆砌典实,盖如七宝楼台,拆碎下来,不成片断也。

[注6]聊斋志异派的小说:所谓"某生,某地人,遇一艳姝"之类,《礼拜六》派小说多效其体。

［注7］《木兰辞》：古乐府之□，约为梁人所作，叙木兰为一孝女，改扮男子，代父从军十二年，同伍之人，均不知之。

［注8］《孔雀东南飞》：古诗。汉末焦仲卿夫妇因家庭惨变而死，时人惜之，作此诗以为哀悼。

［注9］李后主：南唐国君，名煜，字重光，所为词凄婉动人。

［注10］杜甫：字子美，唐襄阳人，为我国大诗人。

［注11］韩愈：字退之，唐昌黎人，善作古文。《南山》一诗，诘屈聱牙，极不易读。

［注12］三百篇：即《诗经》。古诗三千余篇，现存三百十一篇，举其约数，故曰三百篇。

［注13］施耐庵：元东都人。惟胡适《水浒传考证》以为决非元人，或为明人。传《水浒》为其所作，然亦有谓《水浒》非其一人所作者。

［注14］曹雪芹：名霑，乃清汉军正白旗人，工诗，著有《红楼梦》。

［注15］陆士衡：名机，晋吴郡人，善作赋。

［注16］王粲二短句：王粲，字仲宣，魏高平人，避乱荆州依刘表时，登江陵城楼，因思归而作赋。

［注17］《阳关》二短句：唐王维诗《送元二使安西》："渭城朝雨浥轻尘，客舍青青柳色新。劝君更尽一杯酒，西出阳关无故人。"后此诗入乐府，以为送别之歌，将阳关一句，反覆歌唱，名为"阳关三叠"，又名《渭城曲》。

［注18］伊尹、周公、傅说各为商周殷贤相。

［注19］宋濂集子里的王冕：宋濂，字景濂，明浦江人，《王冕传》收入其所著之《芝园后集》卷十中。

［注20］包卡嘉：意大利小说家，其《十日谈》已有汉译本。

［注21］洛伦查：意大利佛罗稜萨政治家，博学工诗，嗜艺术。约一四二九年生，一

四二九年死。①

[注22] 赵叟:英国诗人,生于伦敦,为英吉利诗体之创作者。

[注23] 威克列夫:英国宗教改革家。

[注24] 莎士比亚:(一五六四—一六一六)英国大戏剧家。

[注25] 伊里莎白:英国女王,在位时期,自一五五八年至一六〇三年。

[注26] 阿儿白狄:(一四〇四—一四七?)意大利艺术理论家。

[注27] 陆放翁:名游,宋山阴人,所作诗文甚多。

[注28] 柳耆卿:名永,宋崇安人,有《乐章集》。

[注29] 朱晦庵:宋哲学家,名熹,婺源人。

[注30] 《新华春梦记》:杨尘因作。

[注31] 九尾龟:漱六山房(张春帆)作。

[注32] 《广陵潮》:李涵秋作。

[注33] 《官场现形记》:李伯元作。

---

① 其生卒年应为 1449—1492 年。

论短篇小说

胡 适

一、什么叫做"短篇小说？"

中国今日的文人大概不懂"短篇小说"是什么东西。现在的报纸杂志里面，凡是笔记杂纂，不成长篇的小说，都可叫做"短篇小说"。所以现在那些"某生、某处人、幼负异才……一日游某园，遇一女郎，睨之，天人也"。……一派烂调小说，居然都称为"短篇小说"！其实这是大错的。西方的'短篇小说'（英文叫做 Short Story）在文学上有一定的范围，有特别的性质；不是单靠篇幅不长便可称为"短篇小说"的。

我如今且下一个"短篇小说"的界说：

> 短篇小说是用最经济的文学手段，描写事实中最精彩的一段，或一方面。而能使人充分满意的文章。

这条界说中,有两个条件最宜特别注意。今且把这两个条件分述如下:

1."事实中最精彩的一段或一方面"譬如把大树的树身锯断,懂植物学的人看了树身的"横截面",数了树的"年轮",便可知道这树的年纪。一人的生活,一国的历史,一个社会的变迁,都有一个"纵剖面"和无数"横截面",纵面看去,须从头看到尾,才可看见全部。横面截开一段,若截在要紧的所在,便可把这个"横截面"代表这个人,或这一国,或这一个社会。这种可以代表全部的部分,便是我所谓"最精彩"的部分。又譬如西洋照相术未发明之前,有一种"侧面剪影"(Silhouette),用纸剪下人的侧面,便可知道是某人。这种可以代表全形的一面,便是我所谓"最精彩"的方面。若不是"最精彩"的所在,决不能用一段代表全体,决不能用一面代表全形。

2."最经济的文学手段" 形容"经济"两个字,最好是借用宋玉[注1]的话"增之一分则太长,减之一分则太短,着粉则太白,施朱则太赤"。[注2]须要不可增减,不可涂饰,处处恰到好处,方可当"经济"二字。因此,凡可以拉长演作章回小说的短篇,不是真正"短篇小说";凡叙事不能畅尽,写情不能饱满的短篇,也不是真正"短篇小说"。

能合我所下的界说的,便是理想上完全的"短篇小说"。世间所称"短篇小说",虽未能处处都与这界说相合,但是那些可传世不朽的"短篇小说",决没有不具上文所说两个条件的。

如今且举几个例:西历一八七〇年,法兰西和普鲁士开战,后来法国大败、巴黎被攻破，出了极大的赔款，还割了两省地，才能讲和。这一次战争，在历史上，就叫普法之战，是一件极大的事。若是历史家记载这事，必定要上溯两国开衅的远因，中记战争的详情，下寻战与和的影响：这样记去，可满几十本大册子。这种大事到了"短篇小说家"的手里，便用最经济的手腕去写这件大事的最精彩的一段或一面。我且不举别人，单举 Daudet 和 Maupassant[注3]两个人为例。Daudet 所做普法之战的小说，有许多种。我曾译出一种叫做《最后一课》(La dernière classe)[注4]，全篇用法国割给普国两省中一省的一个小学生的口气，写割地之后，普国政府下令，不许再教法文法语。所写的乃是一个小学教师教法文的"最后一课"。

一切割地的惨状，都从这个小学生眼中看出，口中写出。还有一种，叫做《柏林之围》(Le siège de Berlin)[注5]，写的是法皇拿破仑第三出兵攻普鲁士时，有一个曾在拿破仑第一麾下的老兵官，以为这一次法兵一定要大胜了，所以特地搬到巴黎，住在凯旋门边，准备着看法兵"凯旋"的大典。后来这老兵官病了，他的孙女天天假造法兵得胜的新闻去哄他。那时普国的兵已打破巴黎。普兵进城之日，他老人家听见军乐声，还以为是法兵打破了柏林奏凯班师呢！这是借一个法国极强时代的老兵，来反照当日法国大败的大耻，两两相形，真可动人。

Maupassant 所做普法之战的小说也有多种。我书译他的《二渔夫》(Deux Amis)[注6]，写巴黎被围的情形，却都从两个酒鬼身上着想。还有许多篇，如"Mlle. Fifi"[注7]之类，或写一个妓女被普国兵士掳去的情形,或写法国内地村乡里面的光棍,乘着国乱,设立"军政分府",作威作福的怪状,[注8]……都可使人因此推想那时法国兵败以后的种种状态。这都是我所说的"用最经济的手腕,描写事实中最精彩的片段,而能使人充分满意"的短篇小说。

二、中国短篇小说的略史

"短篇小说"的定义既说明了,如今且略述中国短篇小说的小史。

中国最早的短篇小说,自然要数先秦诸子的寓言了。《庄子》《列子》《韩非子》《吕览》,[注9]诸书所载的"寓言",往往有用心结构可当"短篇小说"之称的。今举二例:

第一例见于《列子·汤问》篇:

> 太行[注10]王屋[注11]二山,方七百里,高万仞[注12],本在冀州之南,河阳之北。
>
> 北山愚公者,年且九十,面山而居,惩山之塞,出入之迂也,聚室而谋曰:"吾与汝毕力平险,指通豫南,达于汉阴,可乎?"杂然相许。其妻献疑[注13]曰,"以君之力,曾不能损魁父[注14]之丘。如太形王屋何?且焉置土石?"杂曰:"投诸渤海之尾,隐土[注15]之北!"
>
> 遂率子孙荷担者三夫,叩石垦壤,箕畚[注16]运于渤海之尾。邻人京城氏之孀妻,有遗男,始龀[注17],跳往助之。寒暑易节,始一返焉。

河曲智叟笑而止之曰:"甚矣,汝之不慧!以残年余力,曾不能毁山之一毛,其如土石何?"

北山愚公长息曰:"汝心之固,固不可彻,曾不若孀妻弱子!虽我之死,有子存焉。子又生孙,孙又生子,子又有子,子又有孙。子子孙孙,无穷匮也;而山不加增。何苦而不平?"河曲智叟亡以应。

"操蛇之神"[注18]闻之,惧其不已也,告之于帝。帝感其诚,命夸娥氏[注19]二子负二山,一厝[注20]朔东,一厝雍南。自此冀之南,汉之阴,无陇断焉。

这篇大有小说风味。第一,因为他要说"至诚可动天地",却平空假造一段太形王屋两山的历史。第二,这段历史之中,处处用人名地名,用直接会话,写细事小物,即写天神也用"操蛇之神"、"夸娥氏二子"等私名,所以看来好像真有此事。这两层都是小说家的家数。现在的人一开口便是"某生""某甲",真是不曾懂得做小说的 ABC。

第二例见于《庄子·徐无鬼篇》:

庄子送葬。过惠子[注21]之墓,顾谓从者曰:"郢人[注22]垩漫其鼻端,若蝇翼,使匠石斫之。匠石运斤成风,听而斫之,尽垩而鼻不伤。郢人立不失容。

"宋元君闻之,召匠石曰:'尝试为寡人为之!'

"匠石曰:'臣则尝能斫之。虽然,臣之质死久矣!'

"自夫子(谓惠子)之死也,吾无以为质矣!吾无与言之矣!"

这一篇写"知己之感",从古至今,无人能及。看他写"垩漫其鼻端,若蝇翼",写"匠人运斤成风",都好像真有此事,所以有文学的价值。看他寥寥七十个字,写尽无限感慨,是何等"经济的"手腕!自汉到唐这几百年中,出了许多"杂记"体的书,却都不配称做"短篇小说"。最下流的如《神仙传》[注23]《搜神记》[注24]之类,不用说了。最高的如《世说新语》[注25],其中所记,有许多很有"短篇小说"的意味,却没有"短篇小说"的体裁。如下举的例。

①桓公北征,经金城[注26];见前为琅琊时种柳,看已十围;慨然曰:"木犹如此,人何以堪!"攀枝执条,泫然流泪。

②王子猷居山阴,夜大雪,眠觉开室,命酌酒,四望皎然。因起彷徨,咏左思[注27]《招隐诗》,忽忆戴安道。时戴在剡[注28],即便夜乘小船就之。经宿方至,造门不前而返。人问其故。王曰:"吾本乘兴而来,兴尽而返,何必见戴!"

此等记载,都是拣取人生极精彩的一小段,用来代表那人的性情品格,所以我说《世说》很有"短篇小说"的意味。只是《世说》所记都是事实,或是传闻的事实,虽有剪裁,却无结构,故不能称做"短篇小说"。

比较说来，这个时代的散文短篇小说还该数到陶潜的《桃花源记》。这篇文字，命意也好，布局也好，可以算得一篇用心结构的"短篇小说"。此外，便须到韵文中去找短篇小说了。韵文中《孔雀东南飞》一篇是很好的短篇小说，记事言情，事事都到。但是比较起来，还不如《木兰辞》更为"经济"。

《木兰辞》记木兰的战功，只用"将军百战死，壮士十年归"，十个字，记木兰归家的那一天，却用了一百多字。十个字记十年的事，不为少。一百多字记一天的事，不为多。这便是文学的"经济"，但是比较起来，《木兰辞》还不如古诗《上山采蘼芜》更为神妙。那诗道：

上山采蘼芜，下山逢故夫。长跪问故夫："新人复何如？""新人虽言好，未若故人姝。颜色类相似，手爪不相如。新人从门入，故人从阁去。新人工织缣[注29]，故人工织素[注30]。织缣日一匹[注31]，织素五丈余。将缣来比素，新人不如故！"

这首诗有许多妙处。第一，他用八十个字，写出那家夫妇三口的情形，使人可怜被逐的"故人"，又使人痛恨那没有心肝，想靠着老婆发财的"故夫"。第二，他写那人弃妻娶妻的事，却不用从头说起：不用说"某某、某处人、娶妻某氏，甚贤。已而别有所爱，遂弃前妻而娶新欢……"。他只从这三个人的历史中挑出那日从山上采野菜回来遇着故夫的几分钟，是何等"经济的手腕！"是何等"精彩的片段"！

第三,他只用"上山采蘼芜,下山逢故夫"十个字,便可写出这妇人是一个弃妇,被弃之后,非常贫苦,只得挑野菜度日。这是何等"神妙的手段"!懂得这首诗的好处,方才可谈"短篇小说"的好处。

到了唐朝,韵文散文中都有很妙的短篇小说。韵文中,杜甫的《石壕吏》是绝妙的例。那诗道:

> 暮投石壕[注32]村,有吏夜捉人,老翁逾墙走,老妇出门看。吏呼一何怒!妇啼一何苦!听妇前致词:"三男邺城[注33]戍。一男附书至,二男新战死。——存者且偷生,死者长已矣!室中更无人,惟有乳下孙,有孙母未去,出入无完裙。老妪力虽衰,请从吏夜归,急应河阳[注34]役,犹得备晨炊"。夜久语声绝,如闻泣幽咽。天明登前途,独与老翁别。

这首诗写天宝之乱,只写一个过路投宿的客人夜里偷听得的事,不插一句议论,能使人觉得那时代征兵之制的大害,百姓的痛苦,丁壮死亡的多,差役捉人的横行:——都在眼前。捉人捉到生了孙儿的祖老太太,别的更可想而知了。

白居易的《新乐府》五十首中,尽有很好的短篇小说。最妙的是《新丰折臂翁》一首。看他写"是时翁二十四,兵部牒中有名字,夜深不敢使人知,偷将大石捶折臂",使人不得不发生"苛政猛于虎"的感想。白居易的《琵琶行》也算得一篇很好的短篇小说。白居易的短处,只因为他有点迂腐气,所以处处要把做诗的"本意"来做结尾;即如《新丰折臂翁》篇末加上"君不见开元宰相宋开府"一段,便没有趣味了。又如《长恨歌》一篇,本用道士见杨贵妃,带来信物一件事作主体。白居易虽做了这诗,心中却不信这道士见杨妃的神话;所以他不但说杨妃所在的仙山"在虚无缥渺中";还要先说杨妃死时"金钿委地无人收,翠翘金雀玉搔头",竟直说后来"天上"带来的"钿合金钗"是马嵬坡拾起的了! 自己不信,所以说来便不能叫人深信。人说赵子昂画马,先要伏地作种种马相。做小说的人,也要如此。也要用全副精神替书中人物设身处地,体贴入微。做"短篇小说"的人,格外应该如此。为什么呢? 因为"短篇小说"要把所挑出的"最精彩的一段"作主体才可有全神贯注的妙处。若带点迂气,处处把"本意"点破,便是把书中事实作一种假设的附属品,便没有趣味了。

唐朝的散文短篇小说很多,好的却实在不多。我看来看去,只有张说的《虬髯客传》可算得上品的"短篇小说"。《虬髯客传》的本旨只是要说"真人之兴,非英雄所冀"。他却平空造出虬髯客一段故事,插入李靖红拂一段情史,写到正热闹处,忽然写"太原公子砀[注35]①裘而来",遂使那位野心豪杰绝心于国事,另去海外开辟新国。这种立意布局,都是小说家的上等工夫。这是第一层长处。这篇是"历史小说"。凡做"历史小说",不可全用历史上的事实,却又不可违背历史上的事实。全用历史的事实,便成了"演义"体,如《三国演义》和《东周列国志》,没有真正"小说"的价值。若违背了历史的事实,如

---

①应为褐,注35同。

《说岳传》使岳飞的儿子挂帅印打金国，虽可使一般愚人快意，却又不成"历史的"小说了。最好是能于历史事实之外，造成一些"似历史又非历史"的事实，写到结果却又不违背历史的事实。如法国大仲马的《侠隐记》写英国暴君查尔第一世为克林威尔所囚时，有几个侠士出了死力百计想把他救出来，每次都到将成功时忽又失败；写来极热闹动人，令人急煞，却终不能救免查尔第一世断头之刑，故不违背历史的事实。又如《水浒传》所记宋江等三十六人是正史所有的事实。《水浒传》所写宋江在浔阳江上吟"反诗"，写武松打虎杀嫂，写鲁智深大闹和尚寺……等事，处处热闹煞，却终不违历史的事实。《虬髯客传》的长处正在他写了许多动人的人物事实，把"历史的"人物和"非历史的"人物穿插夹混，叫人看了竟像那时真有这些人物事实。但写到后来，虬髯客飘然去了，依旧是唐太宗得了天下，一毫不违背历史的事实。这是"历史小说"的方法，便是《虬髯客传》的第二层长处。此外还有一层好处。唐以前的小说，无论散文韵文，都只能叙事，不能用全副气力描写人物。《虬髯客传》写虬髯客极有神气，自不用说了。就是写红拂李靖等"配角"，也都有自性的神情风度。这种"写生"手段，便是这篇的第三层长处。有这三层长处，所以我敢断定这篇《虬髯客传》是唐代第一篇"短篇小说"。宋朝是"章回小说"发生的时代。如《宣和遗事》和《五代史平话》等书，[注36]都是后世"章回小说"的始祖。《宣和遗事》中记杨志卖刀杀人，晁盖等八人路劫生辰纲，宋江杀阎婆惜……诸段，便是施耐庵《水浒传》的稿本。从《宣和遗事》变成《水浒传》，是中国文学史上一大进步。但宋朝是

"杂记小说"极盛的时代,故《宣和遗事》等书,总脱不了"杂记体"的性质,都是上段不接下段,没有结构布局的。宋朝的"杂记小说"颇多好的,但都不配称做"短篇小说"。"短篇小说"是有结构局势的;是用全副精神气力贯注到一段最精彩的事实上的。"杂记小说"是东记一段,西记一段,如一盘散沙,如一篇零用账,全无局势结构的。这个区别,不可忘记。

  明清两朝的"短篇小说",可分白话与文言两种。白话的"短篇小说"可用《今古奇观》作代表。《今古奇观》是明末的书,大概不全是一人的手笔。书中共有四十篇小说,大要可分两派:一是演述旧作的,一是自己创作的。如《吴保安弃家赎友》一篇,全是演唐人的《吴保安传》,不过添了一些琐屑节目罢了。但是这些加添琐屑节目便是文学的进步。《水浒》所以比《史记》更好,只在多了许多琐屑细节。《水浒》所以比《宣和遗事》更好,也只在多了许多琐屑细节。从唐人的吴保安,变成《今古奇观》的吴保安;从唐人的李研公,变成《今古奇观》的李研公;从汉人的伯牙子期,变成《今古奇观》的伯牙子期;——这都是文学由略而详,由粗枝大叶而琐屑细节的进步。此外那些明人自己创造的小说,如《卖油郎》,如《洞庭红》,如《乔太守》,如《念亲恩孝女藏儿》,都可称很好的"短篇小说"。依我看来,《今古奇观》的四十篇之中,布局以《乔太守》为最工,写生以《卖油郎》为最工。《乔太守》一篇,用一个李都管做全篇的线索,是有意安排的结构。《卖油郎》一篇写秦重、花魁娘子、九妈、四妈,各到好处。《今古奇观》中虽有很平常的小说,比起唐人的散文小说了,已大有进步了。

唐人的小说,最好的莫如《虬髯客传》。但《虬髯客传》写的是英雄豪杰,容易见长。《今古奇观》中大多数的小说,写的都是些琐细的人情世故,不容易写得好。唐人小说大都属于理想主义。《今古奇观》中如《卖油郎》《徐老仆》《乔太守》《孝女藏儿》,便近于写实主义了。至于由文言的唐人小说,变成白话的《今古奇观》,写物写情,都更能曲折详尽,那更是一大进步了。

只可惜白话的短篇小说,发达不久,便中止了。中止的原因,约有两层:第一,因为白话的"章回小说"发达了,做小说的人往往把许多短篇略加组织,合成长篇。如《儒林外史》[注37]和《品花宝鉴》[注38]名为长篇的"章回小说",其实都是许多短篇凑拢来的。这种杂凑的长篇小说的结果,反阻碍了白话短篇小说的发达了。第二,是因为明末清初的文人,很做了一些中上的文言短篇小说,如《虞初新志》,《虞初续志》,《聊斋志异》等书里面,很有几篇可读的小说。比较看来,还该把《聊斋志异》来代表这两朝的文言小说。《聊斋》里面,如《续黄粱》《胡四相公》《青梅》《促织》《细柳》……诸篇,都可称为"短篇小说"。《聊斋》的小说,平心而论,实在高出唐人的小说。蒲松龄虽喜说鬼狐,但他写鬼狐却都是人情世故,于理想主义之中,却带几分写实的性质。这实在是他的长处。只可惜文言不是能写人情世故的利器。到了后来,那些学《聊斋》的小说,更不值得提起了。

三、结论

最近世界文学的趋势,都是由长趋短,由繁多趋简要。——"简"

与"略"不同,故这句话与上文说"由略而详"的进步,并无冲突,——诗的一方面,所重的在于"写情短诗"(Lyrical Poetry)像 Homer[注39],Milton[注40], Dante[注41]、那些几十万字的长篇,几乎没有人做了;就有人做,也很少人读了。戏剧一方面,莎士比亚[注42]的戏,有时竟长到五出二十幕,后来变到五出五幕;又渐渐变成三出三幕;如今最注重的是"独幕戏"了。小说一方面,自十九世纪中段以来,最通行的是"短篇小说"。长篇小说如 Tolstoy[注43]的《战争与和平》,竟是绝无而仅有的了。所以我们简直可以说:"写情短诗","独幕剧","短篇小说"三项,代表世界文学最近的趋向。这种趋向的原因,不止一种。1. 世界的生活竞争一天忙似一天,时间越宝贵了,文学也不能不讲究"经济",若不经济,只配给那些吃了饭没事做的老爷太太们看,不配给那些在社会上做事的人看了。2. 文学自身的进步,与文学的"经济"有密切关系。斯宾塞[注44]说,论文章的方法,千言万语,只是"经济"一件事。文学越进步,自然越讲求"经济"的方法。有此两种原因,所以世界的文学都趋向这三种"最经济的"体裁。今日中国的文学,最不讲"经济"。那些古文家和那"《聊斋滥调》"的小说家,只会记"某时、某地、遇某人,作某事"的死账,毫不懂状物写情是全靠琐屑节目的。那些长篇小说家又只会做那无穷无极,《九尾龟》一类的小说,连体裁布局都不知道,不要说文学的经济了。若要救这两种大错,不可不提倡那最经济的体裁——不可不提倡真正的"短篇小说"。

(选自《胡适文存》)

注释(借用赵景深氏的注释)

[注1]宋玉:战国时楚人,屈原弟子,为楚大夫,悯其师放逐,作《九辩》述其志以悲之。

[注2]增之一分四句:见《登徒子好色赋》。

[注3]Daudet Maupassant Daudet:汉译为都德(1840—1898),Maupassant 汉译为莫泊桑,均法国短篇小说家。

[注4]《最后一课》:有胡适译文,收入《短篇小说》。

[注5]《柏林之围》:亦有胡适译文,收入《短篇小说》。

[注6]《二渔夫》:胡适译文,收入《短篇小说》。

[注7]Mlle. Fifi:有李青崖《哼哼小姐》译文,收入《莫泊桑全集》之《二哼哼小姐集》。(《北新集》)

[注8]或写法国内地……怪状:指莫泊桑《政变的一幕》,有李青崖译文。

[注9]《庄子》《列子》《韩非子》《吕览》:《庄子》乃庄周所作;《列子》,列御寇作;《韩非子》,韩非作;《吕览》,吕不韦作。

[注10]太形:当作太行,连亘河南、山西、直隶。

[注11]王屋:在山西阳城县西南。南跨河南济源县,西跨垣曲县界。

[注12]仞:古以周尺八尺为仞,合营造尺六尺四寸八分。

[注13]献疑:犹致难也。

[注14]魁父:《淮南子》作"魁阜",谓小山如堆阜。

[注15]隐土:《淮南子》曰:"东北得洲曰隐土。"

[注16]畚:音本,盛土器,以草索为之。

[注17]龀:音衬,毁齿也。自乳齿变为永久齿,谓之龀。《说文》:"男八月生齿,八岁而龀;女七月生齿,七岁而龀。"

[注18]操蛇之神:《大荒经》云:"山海神皆执蛇。"

[注19]夸蛾氏:传记所未闻,盖古之有神力者也。

[注20]厝:音措,置也。

[注21]惠子:即惠施,战国时人,庄子之友,司马彪注谓为梁相。

[注22]郢人:《汉书》音义作嫛人,嫛音铣。"嫛人,古之善涂墍者。施广领大袖以仰涂,而领补不污,有小飞泥误著其鼻,因令匠石挥斤而斫之"。

[注23]神仙传:晋葛宏撰,所录八十四人,惟容成公彭祖二条与《列仙传》重出,余皆补《列仙传》所未载。

[注24]搜神记:题陶潜撰,记灵异变化之事。或谓陶潜旷达,未必孳孳于鬼神,盖系伪托。

[注25]世说:宋临川王刘义庆有《世说》八卷,梁刘孝标注之为十卷,见《隋志》,今存者三卷为《世说新语》。

[注26]金城:今甘宪旧兰州西宁二府地。

[注27]左思:字太仲,晋临淄人。

[注28]剡:即今浙江嵊县。

[注29]缣:即绢也。

[注30]素:谓绢之精白者。

[注31]匹:长四丈为匹。

[注32]石壕:在今河南陕县东七十里。

[注33]邺城:在今河南临漳县西二十里。

[注34]河阳:在今河南孟县,《唐书》:"郭子仪兵既溃,用都虞侯张用济策,守河阳。"

[注35]裼(褐):谓半袖单衣,加于裘之上者。

[注36]《宣和遗事》和《五代史平话》:最易得者为商务黎烈文标点本。

[注37]《儒林外史》:清吴敬梓作。

[注38]《品花宝鉴》:清陈森书作。

[注39]Homer:荷马,相传《伊利亚特》(Iliad)与《奥德赛》(Odyssey)为其所作。

[注40]Milton:米尔顿(1608—1674),英国诗人,《失乐园》(*Paradise Lost*)与《得乐园》(*Paradise Regained*)为其长篇杰作。

[注41]Dante:但丁(1265—1321),意大利诗人,《神曲》(*Divina Commedia*)为其长篇杰作。

[注42]莎士比亚:William Shakespeare(1564—1616),英国戏剧家。

[注43]Tolstoy:托尔斯泰(1817—1875),俄国大文学家。

[注44]斯宾塞:Herbert Spencer(1820—1903),英国哲学家。

中国小说谈

俞平伯

一、小说的名称与解释

小说一词在英文中有种种歧称,而在中国亦多歧义,约言之不外广狭二义:广义的小说,乃准原来之义而立。所谓小说,即"小言""小语"之谓,《汉书艺文志》以为"街谈巷语之说",桓谭以为"丛残小语",皆是确诂。其初原是子史之流裔,鲁迅君所谓"托人者似子而浅薄,记事者近史而悠缪",但后来所作渐多,由志怪鬼神而渐及于描写人情,别起附庸,蔚成大国,遂脱离说理记事之范围,骎近于今之所谓文艺矣。然其历史上之遗痕,犹往往可见,且甚有关于作风之评价。

狭义的小说,属于宋人说话之一种。说话者今之说书,在唐时即有之,至宋而盛,诸家笔记每有记载,惟类目稍不同耳。(参看《中国小说史略》第十二)小说为说话中之一家数,据吴自牧《梦粱录》说,小说即名"银字儿",如烟粉灵怪传奇公案扑刀杆棒发迹变态之事;而据灌园耐得翁《都城纪胜》,却分小说为三类:1.银字儿,烟粉灵怪传奇;2.说公案,搏拳提刀棒及发迹变态之事;3.说铁骑儿,士马金鼓之事。说虽不尽同,而所谓小说何指,总约略可见。操此等说话生涯者谓之说话人,其说话之底本谓之话本,其体格之犹可考见者如《五代史平话》及《京本通俗小说》皆是也。此等话本即为白话小说之滥觞,白话小说既渐盛,于是距话本渐远,别开文艺上之新境界。然遗痕故自在,其影响于白话小说之体格风裁亦大,正与上节所述广义小说之变迁相平行。

此广狭二义,悉无当于我们所谓小说,彰彰明甚。惟若求了解中国小说与自来之实况,必先明白古今人虽同用小说这名称而释义迥别;尤宜知这些传统的观念对于自来小说创作之成就,有深切之关系。我们用今日所谓小说之标准去衡量古之小说,而发见种种的有趣的龃龉,这倒是当然的现象。古之小说本非今之小说,若古人能预知我们的标准,来迎合它们,这才是真的奇异呢。

今日所谓小说,在西方有种种的训释,我觉得美人哈密而顿(Clayton Hamieton)所谓"在想像诸事实之系列里显示人生之真"尚为适切。这定义,有三点须稍解释:第一有所谓想像之事实,而小说遂别于历史的传记。想像非即幻想,故无论其派别为自然为浪漫,而其所叙述固皆想像的事实也。第二,实事成为系列,则非各自分离的,亦非混杂无序的,乃依因果的关系排列成的。故叙一桩孤立的事实不成为小说,而叙许多各各孤立的事实(如偶然连属,无名理系属之必然,仍为各各孤立,非真的系列)亦不成为小说。此真的小说所以别于笔劄体小说也。第三,宜与人生的真合一。"真"之诠释为义甚繁，非此能尽。约言之，小说之功能，在乎能借题发挥，显示人生内蕴之诸因果，而非直抄人生外面之琐屑偶发的诸事情。直抄人生，以小说之义言之，非特不得为真，且为虚妄也。习作小说者，每以篇中所叙为自己或其亲友之实事，便自诩以为得真，此实大误。须知小说的创作乃一种复杂的过程，（依哈密而顿的说法，乃由现状之人生，蒸发为抽象之真理，复由此抽象之真理凝缩而为想像事实的系列，若蒸溜然，此说极精）非直接向人生抄写。若以直抄人生为作小说之捷径，则新闻纸及杂志上之时事汇纪琐闻等，岂非至真切之品乎？乌乎可！

以上所言，诚至简略，然即此观测，已知我们所谓小说与中国固有之观念，非特范围之广狭不同，并有性质上之根本差别。虽同用此一名，按其实际，殆为大异之二物。所以我们评量中国的旧有小说，与其用我们的准则，不如用他们自己的准则，尤为妥切。这固然似乎过于宽大，但非如此，我以为亦不足以了解中国小说之实况。

二、小说的分类

分类原是勉强的方便，但它可以帮助我们了解作物之概况。兹将中国小说区为甲乙丙三大类，甲为诗的小说，乙为用文言写的，丙为用白话写的小说。一看这种分法，便知道离精密差得远，只是极粗疏的假定而已，——虽然我们不妨试用它。

其实这区分还是承上文来的，就是从较古的小说观念（广义的）与较后起的小说观念（狭义的）之外，加上一种诗的小说，成为三大类。兹先列表,后约略说明之。

甲		诗中的小说
乙		汉人所谓小说(丛残小语) { 志鬼怪人情的各种笔记小说 / 传奇文
丙	1	宋人所谓小说——拟话本——各体长短篇白话小说(话本)
	2	宋人之讲史——演义体小说
	3	弹词——唱本书
	4	唐之佛经俗文——宋之说经说参说诨经——今之宝卷

这表也曾经几度的改订。诗中的小说,我本题为叙事诗,后来觉得为与西洋的 Epic 相混,而就严格的意义言,中国实无 Epic 也。至于所指的是那些作品,也容易知道,如建安时《孔雀东南飞》,唐之《石壕吏》《长恨歌》等篇皆是,往上推,则《诗经》中之《氓》及《东山》,《楚辞》中之《山鬼》《渔父》,可以说是它们的远祖;往下推,则清初之《圆圆曲》清季之《彩云曲》,仍是它的云礽。其风格辞彩虽各各不同,所含有的小说成分亦有多少,但按其本质却有一点相同,就是虽为诗型而实含小说之质素。胡适君曾说及此点,见其《文存》卷一中。鲁迅君述小说史,未把此项列入,亦自有其见地,因为这本可归入诗去,在小说原为附庸。惟求包举之完全,也不妨列入。

汉人所谓小说,并包括先秦子史中含有小说意味的篇章,如列子之说愚公移山,庄子之说匠石与郢人故事皆是。既曰丛残小语,则所包自广,不言可知。如《青史子》,《汉志》列入小说家,而今观其遗文三则,绝无涉于通俗所谓小说。(《小说史略》三)后之各体笔记小说，自为此体之嫡派，亦无待说明。传奇文本可归入笔记小说中，似无另立一项之必要；但就文辞与结构论，唐以来之传奇文又较一般之笔记为高明。文辞较华缛丰富，结构亦较严密，以我们观之，似较笔记体略近于真的小说，（唐之传奇文固然有好的，后来如清人《聊斋志异》亦尽有佳篇）虽然在根本上仍脱不了笔记的窠臼。

由话本而拟话本，而白话小说，其系列亦自分明。白话小说之突起，其大因由实在于摹拟话本，此无可疑者；从作品之描写上，体裁上固可证明，在历史方面亦然。但有一点须加限制，后期之白话小说，如《金瓶梅》《儒林外史》《红楼梦》《品花宝鉴》等，固未必全美，而实已脱离话本之面目，渐近于我们今日所谓小说。好在此表本不宜十分呆看。

讲史与演义，弹词与唱本，一物二名，似不可上下分承。惟却非全无区域，所谓讲史弹词，是说着弹唱着的底本，而演义与唱本之书则摹拟讲史弹词而作，只在供人阅诵，不必真说真唱也。其关系正和话本之与拟话本相似，故仍从上下列。唱本虽看过几种，但弹词究有何项历史，愧鲜所知。惟观陆游诗，"斜阳古柳赵家庄，负鼓盲翁正作场。身后是非谁管得，满村争唱蔡中郎"。似弹词之兴起，与话本相先后。其来原亦甚古，大约与佛偈之翻译有相当之系属。

丙类第四项，其排列尚未惬意。今之宝卷或可远溯唐佛之经俗文，而宋之说经说参说诨经，其面目究如何良不可知。且此类只以说佛事为主题而立，其实就体裁论，佛经俗文宝卷与弹词唱本极相近似。至宋之说经参原与小说讲史同列，似又与话本近也。

上表所列举既未完备,亦未必精当,只就讲说上之便利写此。其实大别之只有两项,一笔记体之文言小说。二话本体之白话小说。此两端渐渐演进,遂渐脱离其本来幼稚面目而几蜕化为真的小说,其一为传奇文,其二为较高等之白话小说,此即为二千年来演化之最后成绩。

三、其缺点所在与解释

论小说者每采用三分法,即结构人物环境是。注重环境之作品为近代西洋之产物,在中国古时殆无此项成绩,可以除开,只就结构人物两端来量度中国的小说。

西洋小说可大别为二,一长篇,二短篇也。(此非仅指篇幅之长短,乃作法之不同)长篇所写为纵剖面之人生,所注重为人物性格之开展,而其结构方面较松散不甚经济。短篇所写为横剖面之人生,注重在事实中一 climax,人物与结构方面均极精当,故能有完全之感应,合一之印象,前者例如英狄更司之小说,后者例如法莫泊桑之小说。

或者疑有扬短篇抑长篇之意,而实不然。此两种作法不同,本难于轩轾。短篇作家深察人生之一部,而长篇作家则综观人生之全体,故就作法言,短篇远较长篇为严密,而就其所写之人生言,则长篇所包,远较短篇为广大繁复也。

设以此观念移入中国小说界,则发见奇异的景象,即此两种小说在我们文坛上均若有若无,说它有,似没有,说它没有,似乎又有。

《聊斋志异》有些不是很像短篇吗？《红楼梦》不是很像长篇吗？谁说不是，又谁能确说是呢。这都是貌合神离，似是实非。这套外国衣裳，我们穿起来怪不合式。为什么不合式呢？得明白小说史。

无论那一派小说，文言也罢，白话也罢，其人物描写均十分简单，（较好的只可算例外，我们就大体泛论）性格方面固欠复杂，而又往往前后不甚一致。用文言来写小说，本是用违所长，故人物性格常显托不出，总是"某生某地人也性倜傥不羁"之类。况笔记小说，其着重点只在事状之奇脆，与文藻之华缛而已，以文言写人物本不易写得好，而既无意于写，故尤写不好。白话小说呢，论理在此方面成就应该好些，惟亦不尽然。白话固是传神阿堵之利器，但不好好去使用它，也是徒然。大部分的白话小说，其中人物都是有定格的，正如戏台上之净角代表凶人，旦角代表女性一般。所以总是那么一个公子，小姐总是那么一个小姐，白面红衫，千篇一律。至于《水浒》，《红楼梦》之流，自是伟大的例外，在描写人物方面可谓成功，惟结构上尚多缺憾耳。

若讲起结构，中国小说在此方面更劣于描写，几乎无全璧，即大家赏识的《红楼梦》，细考较去，亦是一塌糊涂。依我所想到，结构方面有下列各弊病，完全能避免的可说没有。至其他的弊病，或者还有，在此所举未必完全也。

（一）任意起讫——这是笔记小说之通病，可以说是没有结构。随便写去，写到那里是那里，不高兴写就不写了。所谓"随笔""漫谈"等等，正明示这个态度。

（二）直记事实——这是客观的态度，似与主观的任意正相反，但无结构可言正同，事实如何，他便照抄，其不足言结构明甚。哈密而顿说："夫结构非仅为提炼之人生，而于提炼人生所得之连贯事实当更加以提炼"（《小说法程》第四章）。故其所记之事实，即使至有统序，亦不足言结构。简单之因果连接，本非即结构也。这也是笔记小说之通病，如"纪实""纪事"等名也表示这种态度。

（三）抄袭窠臼——这是文言白话两种小说通有之病。某窠臼之面目未必尽同，而遵依窠臼之态度无异。如"某生遇仙或狐鬼，后缘尽分散，某生遂入山不知所终"，此一窠臼也。"小姐花园订终身，公子落难中状元"，此又一窠臼也。陈陈相因，虽非文句之抄袭，乃格局之抄袭也。此等窠臼，本身即不成为结构，况其谬种流传之副本乎？至于何以要如此，作笔记者与作白话小说者各有各的情形，后当述之。

（四）无意味的延长——以下三项均是篇幅较长的小说之病。所谓延长，即是明明数言可毕者辄支蔓为数十言，一回可尽者辄敷衍为两三回，只是烦琐拖沓而已，并无复合之描写。这种毛病在笔记小说中却没有，因为笔记为体贵在简洁，而文言亦较白话为凝炼。至于话本唱书其病滋甚，因非如此不足以敷衍时间拉拢听众。若寥寥数语了却一回书，则将发生饭碗问题矣。后起之白话小说，承其流弊而不能改。

（五）无限制的连缀——有许多篇幅长的作品，表面看去非不庞然大也，仔细一看，好的是件百衲的天衣，坏的是件百结的鹑衣，论其组织之方实无区别。譬如《儒林外史》，《二十年目睹之怪现状》，名为一书，其实是许多短故事连络成的。甲与乙之间，乙与丙之间……只是偶然的连缀；好像八股文之截搭题一般，绝无因果复合之系属。在西洋亦有此体叫 Picaresque romance，此等组合之小说，自《儒林》以降，作者甚多，最近流行之《留东外史》，《春明外史》皆以此法构成，其在结构上之不妥，事固显明。既无必然之系属，其连缀固可至无穷也。

（六）不调和的混合——这情形事实上较少，然亦有妨于结构的完整。大凡每一小说即是一完整，似一有机体然。长篇不能分解为数短篇，或缩为一短篇；数短篇亦不能集合为一长篇，一短篇亦不能引伸为一长篇，正如人的高矮是一定的，凫胫鹤膝不能互易。其差别非仅外面之短长，并有性质的殊异。上述（四）（五）两项，揆之此义绝不可通。在此所述的混合，却有历史的因由，非尽由于作者的胡闹，然其伤害结构之完整则一。例如《水浒传》的本事本是北宋之大盗，但在南宋则因中原沦落想望草泽英雄，遂变盗贼为忠义，而有招安平寇之说，明初因杀戮功臣乃于是写宋江等功成被害，大发牢骚，清初又因苦流寇久，重新又把张叔夜请来杀强盗，而天下太平。《水浒》既有那么长远的历史，而各种版本又每混而不析，于是这书便成为一种杂拌，文格文情每自相龃龉。又如《三侠五义》中包公断案是一事，狸猫换太子是一事，而诸侠义的行动又是一事，现在并为一书，其间既无名理的系属，也成为一种杂拌。即《红楼梦》以我的近解似亦当归入此类去，此论自极冗长，今日不暇及矣。

夫弊病既如此,而溯其弊病之由,仍缘历史中来,非偶然凑泊,亦非尽作者之咎也。前述两大支,一为子史之支流,二为话本之转变,若以今人习用的套语,则一为贵族的,二为平民的。虽其精神形式互异,而不能入小说发展之正轨则一,兹各说明其因由:

笔记与传奇既从昔之丛残小语来,而后之作者又无自觉之心与改革之意,则昔人之弊病不能祛除,或从而增益之,势也。就内容言之,则其对象非人生之全体或一部,而为琐屑怪异的偶发事情;其机能亦不在示现人生之真,无非述异闻,炫博学,发议论,示劝惩,等等而已。就形式言之,结构一端,或凭主观之意兴,或凭客观之实事为起讫,其本无价值可知。且旨在摹拟古人,遂每不自觉的落入窠臼,于是结构愈趋陈腐矣。描写方面,运用文言本已不灵活,再加之以史笔(质朴简老的叙述)文笔(雕琢浮浅的藻饰),更闹得乌烟瘴气不知所云。慢说比不上西洋,即较中国的白话小说亦尚不如。此一派,其趋向本左,故虽有极悠久的历史,然走到一种境界即止,(如唐人之传奇文,后人拟之,终不变其面目,另开境界)较后起之一支反更拙劣。至于以骈文四六文写作小说,斯更不足言矣。

以口语写小说本为正轨,其发展自当较前者为顺遂。无奈此支起源于民间,为市井间杂耍之一,其根底颇不高明。此非鄙薄平民,重视贵族,自取戾于民之世也,乃中国白话小说之一大缺陷所在,不容蔑视耳。欲明白话小说何以常留于幼稚状态中,必须明白说话与话本之情形。

说话既为市井间杂伎,其用意固在招揽观众以糊其口,此情理之当然，乃后之白话小说即由此而来，其弊遂见于文坛矣。就内容言，志在取容悦于知识不充之听众，所谓人生，所谓自然，概讲不到，惟讲些热闹新奇的事，或炫富贵，或说神仙鬼怪，或谈武勇，或谈男女……一言以蔽之，迎合市井间之心理而已。至于表现方法，亦决不能高深复杂。以结构言，今天一章，明天一回，首尾完整之组织已不能成立。并于每章回之末，必特设一惊险之闷葫芦，所谓"卖关子"以动人耳目，庶可明日续来。又一书必说得极冗长庶不至于一说便完，凡此种种皆糊口之妙术，而小说不可问矣。描写亦然，在幼稚的听众前，表现复杂之人物，反不如简单之人物易于受欢迎。故《三国演义》上之曹操是个奸白脸，刘备是个傻子，诸葛亮是个算命先生，此三公之性格在历史上本至有兴味，而在他们必要改换头面，使其如此不堪而后快者，其用意固在取容悦于众也。此等小说与今之旧戏相通，从那边去找艺术难乎不难！

读者必疑古之说话其劣固如此，但后之小说家初不必同此拙劣，此言固当。但我先已声明，后期之白话小说确已脱离话本之面目，而与文艺接近。但此等高等读物，为数极少，其大部分固仍为话本之肖子也。读者试审察之，便知吾言绝非过刻。试举数例以实之：（一）书起首有楔子，（《水浒》述洪太尉，《儒林》述王冕，《红楼》述甄士隐贾雨村）楔子殆由说话之"捏合""提破"转变来的。（二）后之小说起首有诗，结尾有诗，正说话之正格。（《五代史平话》残本即如此）说话兼有"诗话""词话"之称，诗在前，话在后也。（三）书分章回，每回之末必曰，"欲知后事如何，且听下回分解"，正是说话人口气在那边卖关子,非著作者之言也。此三者皆形式上之因袭,至于内容,虽居白话小说之名而往往仍与古之平话精神相通,这当然不便举例,自己省览便知。

更有一点须点明,即白话小说,有时文词极拙劣,未必高于堆垛晦涩之传奇文,若谓以白话行文,无论怎么样总比文言好,此实偏见不足取信于人,不过以白话写小说,比文言容易见长些。有时写得太乱糟糟,仍然是不成东西。此等文词不佳之白话小说,其数量亦不少。

一切拿历史观念来解释,似有过于看重陈迹而忽视人的活力之嫌疑。难道不能有才智杰出之士,打破这种历祖历宗相传的老套头,自标一帜,创造新文艺观的小说吗?这问题很难于否认,但我也可以冷静地说:"有是可以有的,但在事实上还没有呢,这也是没奈何。"而且除掉这种拒人千里之外的态度,还可以给他一种解释:那时人既没有文学的意念,也没有小说的意念,也没有小说是文学的意念,(此地所谓文学小说都是严确的解释)叫他去反抗什么,又叫他去提倡什么?这种意念,说破了能值几个钱?但未经人道破时,则悬赏千金,也未必准有人会说。所以前人每自觉地或不自觉地跟着更前的人的脚迹去走,即使有旁岔侧出的,也总走不了多们远。我们虽不敢过于恭维他们的成绩,却更不敢过于非薄他们的才力。因为我们名为生在觉醒的时代里,但嚷喊着,几乎一步未走,看看我们目为在眠里梦里的前人所有的成绩,如何能不悚惶而惭愧。——在小说亦并非例外。

四、个人的悬谈与妄测

我说在小说界上,我们几乎一步未走,除非太乐观的人,想不至斥我为无病呻吟。况且,"几乎"两字不宜忽略,即使您真高强真走出几步路去,而这"几乎"也还包得住。在此想试说这"几乎一步"未走的原因来,这很像老鸹嘴,但请原谅罢。

让我们先远远的兜两个圈子。几乎是一句老得起腻的话,文学是人生之表现或曰反映,但这句话却也不宜太忽略。文学是那么一整块,人生也是那么一整块,这句老话若如此囫囵吞下,可以说是无异一句"什么口号",其意义等于零。若果真分析观之,便又不然。文学一名包括种种形态的文艺,人生一名之下,又是何等的光怪陆离呢。即假定一个是常,一个在变,已觉得麻烦。同一种人生而在文学里可以有各种的反映,写诗歌是诗中的境界,小说则小说的境界,戏剧则戏剧的境界,杂文则杂文的境界。人生譬如一根金箍棒,而在文学里叫声变,便一个变成绣花针,一个变成杠子。再说,同一种文体(例如小说)也因人生之万殊而变,一作家有一作家之个性,一时代有一时代之个性,一民族有一民族之个性。自然不能说没有共相,否则文学与人生的意念皆不成立矣。但除概念上的共相以外,这种殊异可至无穷的差别相实在值得我们注意。目前我们所要考虑的是这些个性的差别,能否相通的问题,若能通融,相通到何等程度的问题,以我的怕事,只好学着圆融的口吻,"不相通呢,未必,处处相通呢,不见得"。所谓"未必"者,譬如李义山学杜诗,虽李义山未能摇身变为杜工部,但李义山毕竟已偷了些杜工部的顽意儿去,唐诗虽反六朝,但岂能说"孰精《文选》理"的老杜不曾沾濡六代之余波;更岂能说陈子昂李太白不受六朝之影响呢。所谓"不见得"者,譬如六朝唐人大翻佛经,其文词非不高深茂美,然而梵文也罢,巴利文也罢,西藏蒙古文也罢,翻译过来,总不会有甚大影响于中国文坛;即目今喧嚷着的欧化欧化,究竟欧化会至何等,也不能无疑。这总是事实,大家不该否认罢。我以为差别相互通的范围,以其性分,生活之相同异与言语文字之同异为比例,相近则犹可,过远则不能相通矣。如喜陶诗而不甚喜杜诗者,以陶潜较杜甫近于我也。学六朝文易于学汉魏,学唐宋文易于学六朝者,以六朝近于汉魏,唐宋近于六朝也。觉了解日本之小说易于了解西洋小说者,以日本近于西洋也。总之,各个性间的相互影响,决不能无限制,这是我敢确信的。

有时横的方面,其相互影响不能无限制;有时纵的方面,后者每受前者必然之影响而不能摆脱。我是有点相信决定论的——历史的决定;虽然我不会看轻个人活力之突跃。所谓变迁,无论那一种学术,都可以从两面观察,一面是踏着前人的脚迹,一面是新跨出一步两步。从前者言,则曰因袭,从后者言,则曰革命。在我们的时代,似乎因袭是恶名而革命是佳名,殊不知却是一种过程的两面。若两者缺少其一,则变迁便将不存在矣。只是"因",后来之学术为其固有的抄本,变迁之不成立也易明。只是"革",全然忽视含有历史背景的社会之趣味和了解,其本身之立足点既无着,亦不能生真的变迁。至于在个人或社会方面,有所谓某为传统,某为革命者,只就其成分之多少,定大体之区分而已。若因的分子多于革命的分子,在个人谓之传统作家,在社会谓之因袭时期,反之,则谓之革命的作家与时代也。从文学贵创造这点立论,似乎革命必优于传统;然若仔细评判之,则立可发见此标准之应用,亦不能如此的简单也。此姑不具论。总之,忽视历史上已有的,可以帮助决定将来的诸因子,惟抱夸虚的观念,侈言空前的创造,其成功必近于渺茫,此亦我所确信。

以白话行文成为风气,而小说本最宜于白话。以前文人没有正确的文学意念,而我们今日的中学生也为侃侃而谈了。从这两桩新生的事情看,似乎小说在今日或在最近之将来,必有昌明的发展,惊人的成绩。然而不然,漫说提起今日之成就,我们真难为情;即在最近之将来,我们怕道好意思替他们大吹大擂的登预告吗?我们实在无所见,我们能够讲什么?不能在学生心目中打倒(恕我用这样时髦的名词)《水浒》《红楼》的地位,我们还好意思讲什么创作小说!

为什么如此倒霉,我们正好借上述的悬谈来解释。现在创作小说的惟一靠山,就是摹拟西洋,所谓"欧化"。欧化之可否,以我的疏陋,不配讨论。即假定为可,我却有两层的过虑。第一中国文学受西洋的影响,决不能没有限制。限制非有意的,并非保存国粹之谓,乃是事实上有时过不去,于是限制遂生。我虽自己没有翻译的经验,但我觉得有些作品,永不会正式被译为中文的。(所谓正式的翻译乃指译成本国文之后,大体不失原来的调子,又不失有文学上的价值)翻译既有这种不可克的困难,文学的欧化亦应有相似的困难。创作小说时,这座洋鬼子的靠山有时怕靠不住。第二,介绍欧化的办法亦未必十分允惬。阅读原文自不成问题,至于翻译的工作,说已经尽其功能,实令人不能无疑。介绍手续既乱杂无序,方法上亦尚待研究。极其弊,意译至于魂译,直译至于不译。长此以往,非特欧化不成,或将引起对欧化反动。就今日言。小说界上所受着欧化的好影响,并不如我们预期的大。关于翻译小说的意见,在此自不及说了。

横的方面既得不到什么助力,纵的方面如何呢?也发见两种的不幸。第一,我们虽不敢菲薄古人之才力,但论成绩,恕我不客气说,实在有点不成东西。即看上章所叙,难道我们还可以亦步亦趋的摹拟古人?我们论理,原应该接着相传的正统再往前去,无奈古人不大给面子,逼着我们另找路子。方向改变得太多,许是我们的过火,但一直跟着旧路走去,毕竟也是不行的。路线既改,对于以往的成绩自然不能充分利用了,这仍然是我们的损失。第二,所谓方向的改变,实也有点矫枉过正。古人的滥调固不宜采用,但有许多色彩为中国小说的基本调子,不该完全抛弃。过于忽略历史的背景,易与一般的读者绝缘,而成为少数人的顽意儿。自然,小说之创作不当迎合社会之好尚,但亦不必故意反社会的好尚。因为说多数人总是对的与说少数人总是对的,实为同样的不合理。至于就小说之功能言,若与一般的读者社会隔绝,惟为极少数同派所赏鉴,其能否成立颇为疑问。过于伟大,群众所不了解;但过于拙劣,群众也是不了解的。我当然希望你们的作品之不被了解,为伟大之故,但我又如何能证明这个呢?总之,新小说之制作,若与历史背景大相左,便将失去其社会的属性而成为纯粹个人的,其文学之光景能否成立,尚待将来之证明,非今日我们所能预言。若依我个人私见，有些地方虽不敢菲薄，却未免怀疑：例如叙述描写原不妨欧化，但述说农夫村妇之口吻时，也要用我们演讲时的蓝青官话与直译西文的文法句调，实觉大可不必。又如短篇小说在欧西诚为精品，而橘化为枳移地勿良，中国人不论在那里都表示其缺乏组织性，所以对于短篇小说，其赏鉴与创作都不甚容易。我自然赞成努力去移植，但以为非与固有的趣味，至少有部分的调和，则其移植为艰难。今之短篇作家，于此点似未尝成功也。

这些真是目今小说界衰颓的主因吗？不是。这些表面的原因，稍为明白点事理的人，都能知道仅仅如此决不足以妨碍小说的新机。欧化的输入毕竟利多于弊，已往的成绩并非全不能利用，况且我们比古人还多一种便宜，就是有了明确的文学意念。露骨地说，老老实实说，我们既不肖古人，更不如鬼子，我们惟有自责。然而我们何以如此的不济，实也不能无疑。所以单纯的自责论，仍不足解释这情形，不能逃明人的眼。即使我们不想辩解，表面上看，是由于"才难"，但才难也当有其因由，不得不搜求一番。

野马将跑得远了，我们须在文学外去论文学，小说外去论小说。自然也不宜太远，只大概说说而已，这实是大潮流中的一小波浪，真要了解此小波浪，不得不在大潮流中去找它的地位。我们要晓得今日实是学术大退潮的时期，——虽然乐观的朋友们以为是正在觉醒——任何学术均在衰落中，区区小道的说部何能自外，这本来不成问题的。但打破沙缸问到底的人还是不满意，必要知道何以今日是学术大退潮的时代。

这应当请社会学者经济学者去解释,我只是瞎说而已。目今之中国实开古今中外空前之局,在历史上无可比拟。(理由在此不申说)此时期中,政治的混乱不能止,经济的崩坏不能救,社会制度的改造不能立;换句话说,人人都迫于生存,短兵相接的竞争着,结果将贤愚同尽,"君子化为猿鹤,小人化为沙虫"。目前人人面前悬着的是饭碗问题,喘气且不暇,尚能高谈学术哉!所以这时代中即使多才,不是抢饭碗而以身殉之,就是未得饭碗而先饿死了。"才难之叹,不其然乎"!

而且,无论那种学术都是生活之反映。请问如此混乱穷困残忍的社会,反映在文艺中岂有不成乱草似的荒芜?以如此不安定的心灵所制作的文艺,如何不草率而浅薄?若要怪我们不及古人或鬼子的聪明,岂不把我们冤苦了?我们与其自责,不如咒诅我们的时代,我相信这决非怯懦。

一般的社会,情形是旧的(历代相承的组织法)倒了新的(摹仿西洋的组织)立不起来在。文艺界,还同此情形。旧的势在于必倒,不推而自倒。她已没有生活之源泉了,"其涸也可立而待"(有些人以文学革命为我们的成绩,不禁令我失笑)。至于新的,一时决不能起来,因她也只存在于我们的颠倒梦想里,其缺乏生活源泉之支持正和旧的是半斤八两。我们心是空的,我们手是空的,我们能想出什么来,能做出什么来。我们惟有和死一般的寂寞同在着。我们既不追想,也不希望,我们惟有默默然的叹息!

(选自《小说月报》)

论中国创作小说

沈从文

一

关于怎么样去认识新的创作小说,这像是一件必需明白的事;因为中国在目下,创作已经是那么多了,在数量上,性质上,作成一种分类统计还没有人。一个读者,他的住处如是离上海或北平较远,愿意买一本书看,便感到一种困难。他不知道应当买什么书为好。不一定是那些住在乡僻地方的年青人,即或是上海,北平,武昌,南京,广州,这些较大地方,大学生或中学生,愿意在中国新书上花一点钱,结果还是不知道如何去选择他所欢喜的书。远近一些人,能够把钱掏出给书店,所要的书全是碰运气而得到的书。听谁说这书好,于是花钱买来,看到报纸上广告很大,于是花钱买来,从什么刊物上,见有受称赞的书,于是花钱买来,买书的目的,原为对中国新的创作怀了十分可感的好意,尤其是僻处内地的年青人,钱是那么难得,书价却又这么贵,但是,结果每一个读者,全是在气运中造成他对文学的感情好坏,在市侩广告中,以及一些类似广告的批评中,造成他对文学的兴味与观念。经营出版事业的,全是在赚钱上巧于打算的人,一本书影响大小估价好坏,商人看来全在销行的意义上,这销行的道理,又全在一点有形的广告,与无形的广告上,结果完全在一种近于欺骗的情形下;使一些人成名,这欺骗,在"市侩发财""作家成名"以外,同时也就使新的文学陷到绝路上去,许多人在成绩上感到悲观了。许多人在受骗以后,对创作,便用卑视代替了尊严。并且还有这样的一种事实,便是从十三年后,中国新文学的势力,由北平转到上海以后,一个不可免避的变迁,是在出版业中,为新出版物起了一种商业的竞卖,一切趣味的俯就,使中国新的文学,与为时稍前低级趣味的"海派文学",有了许多混淆的机会,因此影响创作方向与创作态度非常之大。从这混淆的结果上看来,创作的精神,是完全堕落了的。

因这个不良的影响,不止是五年来的过去,使创作在国内年青的人感情方面受了损失,还有以后的趋势,也自然为这个影响所毒害,使新的创作者与创作的诵读者,皆转到恶化的兴味里去,实在是一种很不好的现象。如今我来说几个目下的中国作家与其作品,供给关心到新文学的人作一种参考。我不在告你们买某一本书或不买某一本书,因为在我自己的无数作品里,便从不指点一个年青人应买某一个集子去看。为年青人选书读,开书单,这件事或者可以说是一个"责任",但不是"这一篇文章上的责任"。这里我将说到的,是什么作者,在他那个时代里,如何用他的作品与读者见面,他的作品有了什么影响,所代表的是一种什么倾向,在组织文学技术上,这作者的作品的得失，……我告诉你们是明白那些已经买来的书，如何用不同一的态度去认识，去理解，去赏鉴，却不劝你们去买某一个人的作品，或烧某一个人的书。买来的不必烧去，预备买的却可以小心一点，较从容的选择一下。我知道，还有年青朋友们，是走到书店去，看看那一本书封面还不坏，题目又很动人，因此非常慷慨的把钱送给书店中小伙计手上，拿书回去一看，才明白原来是一本不值得一看的旧书的。因此在机会中，我要顺便说到买书的方法，以及受骗以后的救济。

二

"创作"这个名词，受人尊敬与注意，由五四运动而来。创作小说受人贱视与忽视，则现在反而较十年前的人还多。五四运动左右，思想"解放"与"改造"运动，因工具问题，国语文学运动随之而起。国语文学的提倡者，胡适之，陈独秀等，使用这新工具的机会，除了在论文外，是只能写一点诗的。《红楼梦》《水浒》《西游记》等书，被胡适之提出，给了一种新的价值，使年青人用一个新的趣味来认识这类书。同时译了一些短篇小说，写了许多有力的论文，另外是周作人、耿济之等的翻译，以及其他翻译，在文学的新定义上，给了一些帮助。几个在前面走一点的人，努力的结果，是使年青人对这运动的意义，有了下面的认识：

> 使文字由"古典的华丽"转为"平凡的亲切"是必须的。

使"眩奇艰深"变为"真实易解"是必须的。

使语言同文字成为一种东西,不再相去日远是必须的。

使文字方向不在"模仿"而在"说明",使文字在"效率"而不在"合于法则"是必须的。

同时"文学是人生"这解释,摇动到当时一切对文学运动尽力的人的信仰,因此各人皆能勇敢的,孩气的,以天真的心,处置幼稚单纯的文字,写作"有所作为"的诗歌。对一切制度的疑惑,习惯的抗议,莫不出之以最英雄的姿态。所以"文学是一种力,为对习惯制度推翻建设,或纠正的意义,而产生存在"。这个最时行的口号,在当时是已经存在而且极其一致的。虽然幼稚,但却明朗健康,便是第一期文学努力所完成的高点。在诗上,在其他方向上,他们的努力,用十年后的标准,说"中国第一期国语文学,是不值得一道,而当时的人生文学,不过一种绅士的人道主义观,这态度也十分软弱"。那么指摘是不行的。我们若不疏忽时代,在另外那个时代里,可以说他们所有的努力,是较之目前以翻译创作为穿衣吃饭的作家们,还值得尊敬与感谢的。那个时代文学为主张而制作,却没有"行市"。那个最初期的运动,并不概括在物质的欲望里面,而以一个热诚前进,这件事,到如今却不行了的。一万块钱或三千块钱,由一个商人手中,分给作家们,便可以定购一批恋爱的或革命的创作小说,且同时就支配一种文学空气,这是一九二八年以来的中国的事情,较前一些日子里,那是没有这个便宜可占,也同时没有这个计划可行的。

并且应当明白,当时的"提倡"者却不是"制作"者,他们为我们文学应当走去的路上,画了一些图,作了一些说明,自己并不"创作"。他们的诗是小在试验上努力的,小说还没有试验的暇裕,所以第一期创作的成绩比诗还不如。

第一期的创作同诗歌一样,若不能说是"吓人的单纯"便应当说那是"非常朴素"。在文字方面,与在一个篇章中表示的欲望,所取的手段方面,都朴素简略、缺少修饰,显得匆促与草率。每一个作品,都不缺少一种欲望,就是用近于言语的文字写出平凡的境界的悲剧或惨剧。用一个印象复述的方法,选一些自己习惯的句子,写一个不甚坚实的观念——人力车夫的苦,军人的横蛮,社会的脏污,农村的萧条,所要说到的问题太大,而所能说到的却太小了。中国旧小说又不适于模仿,从一本名为《雪夜》的小说上,看看一个青年作者,在当时如何创作,如何想把最大的问题,用最幼稚的文字,最简单的组织来处置,《雪夜》可以告我们的,是第一期创作,在"主张"上的失败,缺少的是些什么东西。《雪夜》作者汪敬熙君,是目前国内治心理学最有成就的一个人,这作品,却是当时登载于《新潮》《新青年》一类最有力量的刊物上面,与读者见面的。这本书,告给我们的,是那个时代一个青年守着当时的文学信仰,忠实的诚恳的写成的一本书。这不是"好作品",却是"当时的一本作品"。

在"人生文学"上,那试验有了小小阻碍,写作方向保持那种态度,似乎不能有多少意义,一面是创作的体裁与语言的方法,从日本小说得到了一种暗示,鲁迅的创作,却以稍稍不同的样子产生了。写

《狂人日记》，分析病狂者的心的状态以微带忧愁的中年人感情，刻画为历史一名词所毒害的，一切病的想象，在作品中，注入嘲讽气息。因为所写的故事超拔一切同时创作形式，文字又较之其他作品为完美，这作品，便成为当时动人的作品了。这作品意外的成功，使作者有兴味继续写下了《不周山》等篇，后来汇集为《呐喊》，单行印成一集。且从这一个创作集上，获得了无数读者的友谊。其中在《晨报副刊》登载的一个短篇，以一个诙谐的趣味写成的《阿Q正传》，还引起了长久不绝的论争，在表现成就上，得到空前的注意。当时还要"人生的文学"，所以鲁迅那种作品，便以"人生文学"的悲悯同情意义，得到盛誉。因在解放的挣扎中，年青人苦闷纠纷成一团，情欲与生活的意识，为最初的睁眼而眩昏苦恼，鲁迅的作品，混和的有一点颓废，一点冷嘲，一点幻想的美，同时又能应用较完全的文字，处置所有作品到一个较好的篇章里去，因此鲁迅的《呐喊》，成为读者所欢喜的一本书了。时代促成这作者的高名，王统照，冰心，庐隐，叶绍钧，莫不从那情形中为人注意，又逐渐为世所遗忘，鲁迅作品的估价，是也只适宜于从当时一般作品中比较的。

还有一个情形，就是在当时"人生文学"能拘束作者的方向，却无从概括读者的兴味，作者许可有一个高尚尊严的企图，而读者却需要一个诙谐美丽的故事，一些作者都只注意自己"作品"，乃忘却了"读者"。鲁迅一来，写了《故乡》《社戏》，给年青人展览一幅乡村的风景画在眼前。使各人皆从自己回想中去印证。又从《阿Q正传》上，显出一个大家熟习的中国人的姿式，用一种不庄重的谐趣，用一种稍稍离开艺术范围不节制的刻画，写成了这个作品，作者在这个工作上，恰恰给了一些读者所能接受的东西，一种精神的粮食，按照年青人胃口所喜悦而着手烹炒，鲁迅因此意外的成功了。其实鲁迅作品的成就，使作品与读者成立一种友谊，是"趣味"却不是"感动"。一个读过鲁迅的作品的人，所得的印象，原是不会超出"趣味"以上的。但当时能够用他的作品给读者以兴味的并无多人。能"说"发笑的故事，农村的故事，像鲁迅那样人或者很多，能"写"的却只有他一个。《阿Q正传》在艺术上是一个坏作品，正如中国许多坏作品一样，给人的趣味也还是低级的谐谑，而缺少其他意味的。作者注意到那以小丑风度学小丑故事的笔法，不甚与创作相宜，在这作品上虽得到无量的称赞，第二个集子《彷徨》，却没有那种写作的方法了。在《呐喊》上的《故乡》与《彷徨》上的《示众》一类作品，说明作者创作所达到的纯粹，是带着一点儿忧郁，用作风景画那种态度，长处在以准确鲜明的色，画出都市与农村的动静。作者的年龄，使之成为沉静，作者的生活各种因缘，却又使之焦躁不宁。作品中憎与爱相互混和，所非常厌恶的世事，乃同时显出非常爱着的固执，因此作品中感伤的气分，并不比郁达夫为少。不过所不同的，郁达夫是一个以个人的失望而呼喊，鲁迅的悲哀，是看清楚了一切，在病的衰弱里，辱骂一切，嘲笑一切，却同时仍然为一切所困窘，陷到无从自拔的沉闷里去了的。

在第一期创作上，以最诚实的态度，有所写作，且十年来犹能维持那种沉默努力的精神，始终不变的，还是叶绍钧。写他所见到的一面，写他所感到的一面，永远以一个中等阶级的身分与气度，创作他的故事,在文学方面,则明白动人,在组织方面,则毫不夸张,虽处处不忘却自己,却仍然使自己缩小到一角上,一面是以平静的风格,写出所能写到的人物事情,叶绍钧的创作,在当时是较之一切人作品为完全的。《膈膜》代表作者最初的倾向,在作品中充满淡淡的哀戚。作者虽不缺少那种为人生而来的忧郁寂寞,因为早婚的原因,使欲望平静,乃能以作父亲态度,带着童心,写成了一部短篇童话。这童话名为《稻草人》,读《稻草人》,则可明白作者是在寂寞中怎样做梦,也可以说是当时一个健康的心,所有的健康的人生态度。求美,求完全,这美与完全,却在一种天真的想象里,建筑那希望,离去情欲,离去自私,是那么远,那么远!在一九二二年后创造社浪漫文学势力暴长,"郁达夫式的悲哀"成为一个时髦的感觉后,叶绍钧那种梦,便成一个嘲笑的意义而存在,被年青人所忘却了,然而从创作中取法,在平静美丽的文字中,从事练习。正确的观察一切,健全的体会一切,细腻的润色,美的抒想,使一个故事在组织篇章中,具各样不可少的完全条件,叶绍钧的作品,是比一切作品,还适宜于取法的。他的作品缺少一种眩目的惊人的光芒,却在每一篇作品上,赋予一种温暖的爱,以及一个完全无疵的故事,故给读者的影响,将不是趣味,也不是感动,是认识。认识一个创作应当在何种意义下成立,叶绍钧的作品,在过去,以至于现在,还是比一切其他作品为好。

在叶绍钧稍次一点时间里:冰心、王统照两人的作品,在《小说月报》以及其他刊物上发现了。

烦恼这个名词,支配到一切作者的心。每一个作者,皆似乎"应当"或者"必须",在作品上解释这物与心的纠纷,因此"了解人生之谜"这句到现今已不时髦的语言,在当时,却为一切诗人所引用。自然的现象,人事的现象,因一切缘觉而起爱憎与美恶,所谓诗人,莫不在这不可究竟的意识上,用一种天真的态度,去强为注解,因此王统照,冰心这两人写诗,在当时便称为"哲理的诗"。在小小篇章中,说知慧聪明言语,冰心女士的小诗,因由于从太戈尔小诗一方面得到一种暗示,所有的作品,曾经得到非常的成功。使诗人温柔与聪慧的心扩大,用着母性一般的温暖的爱,冰心女士在小诗外创作小说,便写成了他的《超人》这个小说集上各篇章,陆续发表于《小说月报》上时,作者所得的赞美,可以说是空前的。十年来在创作方面,给读者的喜悦,在各个作家的作品中,还是无一个人能超过冰心女士。以自己稚弱的心,在一切回忆上驰骋,写卑微人物,如何纯良具有优美的灵魂,描画梦中月光的美,以及姑娘儿女们生活中的从容,虽处处略带夸张,却因文字的美丽与亲切,冰心女士的作品,以一种奇迹的模样出现,生着翅膀,飞到各个青年男女的心上去,成为无数欢乐的恩物,冰心女士的名字,也成为无人不知的名字了。冰心女士的作品,在时代的兴味歧途上,渐渐像已经为人忘却了,然而作者由作品所显出的人格典型,女性的优美灵魂。在其他女作家的作品中,除了《女人》作者凌叔华外,是不容易发现了的。

冰心女士所写的爱,乃离去情欲的爱,一种母性的怜悯,一种儿童的纯洁,在作者作品中,是一个道德的基本,一个和平的欲求。当作者在《超人》集子里,描画到这个现象时,是怀着柔弱的忧愁的。但作者生活的谧静,使作者端庄,避开悲愤,成为十分温柔的调子了。

"解释人生",用男子观念,在作品上,以男女关系为题材,写恋爱,在中国新的创作中,王统照是第一位。同样的在人生上看到纠纷,而照例这纠纷的悲剧,却是由于制度与习惯所形成,作者却在一种朦胧的观察里,作着否认一切那种诗人的梦。用繁丽的文字,写幻梦的心情,同时却结束在失望里,使文字美丽而人物黯淡,王统照的作品,是同他那诗一样,被人认为神秘的朦胧的。使语体文向富丽华美上努力,同时在文字中,不缺少新的倾向,这所谓"哲学的"象征的抒情,在王统照的《黄昏》《一叶》两个作品上,那好处实为其他作家所不及。

在文学研究会一系作者中,还有一个比较重要的作者,是以落华生用作笔名的许地山。在"技术组织的完全",与"所写及的风光情调的特殊"两点上,落华生的《缀网劳蛛》,是值得注意的。使创作的基本人物,在现实的情境里存在,行为与生活,叙述真实动人,这由鲁迅或郁达夫作品所显示出的长处,不是落华生长处。落华生的创作,同"人生"实境远离,却与艺术中的"诗"非常接近。以幻想贯串作品于异国风物的调子中,爱情与宗教,颜色与声音,皆以与当时作家所不同的风度,融会到作品里。一种平静的,从容的,明媚的,聪颖的,在笔致、散文方面,由于落华生作品所达到的高点,却是同时几个作者无从企望的高点。

与上列诸作者作品,取不同方向,从微温的,细腻的,惑疑的,淡淡寂寞的朦胧里离开,以夸大的,英雄的,粗率的,无忌无畏的气势,为中国文学拓一新地,是创造社几个作者的作品。郭沫若,郁达夫,张资平,使创作无道德要求,为坦白自白,这几个作者,在作品方向上,影响较后的中国作者写作的兴味实在极大。同时,解放了读者兴味,也是这几个人。但三人中郭沫若,创作方面是无多大成就的。在作品中必不可少的文字组织与作品组织,皆为所要写到的"生活愤懑"所毁坏,每一个创作,在一个生活片段上成立,郭沫若的小说是失败了的。为生活缺憾夸张的描画,却无从使自己影子离开,文字不乏热情,却缺少亲切的美。在作品对谈上,在人物事件展开与缩小的构成上,则缺少必需的节制与注意。从作者的作品上,找寻一个完美的篇章,不是杂记,不是感想,是一篇有组织的故事,实成为一个奢侈的企图。郭沫若的成就,是以他那英雄的气度写诗,在诗中,融化旧的辞藻与新的名词,虽泥沙杂下,在形式的成就上毫无可言,调子的强悍,才情的横溢,或者写美的抒情散文,却自有他的高点。但创作小说,三人中却为最坏的一个。

张资平,在他第一个小说集《冲积期化石》这本书上,在《上帝儿女们》及其他较短创作上,使读者发生了极大兴味。五四运动引起国内年青人心上的动摇,因这动摇所生出的苦闷,虽在诗那一方面,表现得比创作为多,然而由于作品提出那眩目处,加以综合的渲染,为人类行为——那年青人最关切的一点——而发生的问题,诗中却缺少作品能够满足年青人的。把恋爱问题,容纳到一个艺术组织里,落华生的作品,因为文章的完美,对读者而言,却近于失败了。冰心女士因环境与身分,有所隐避,缺少机会写到这一方面。鲁迅因年龄关系,对恋爱也羞于下笔了。叶绍钧,写小家庭夫妇生活,却无性欲的纠纷。王统照,实为第一期中国创作者中对男女事件最感兴味的一人,作品中的男女关系,由于作者文学,意识所拘束,努力使作品成为自己所要求的形式,给人的亲切趣味却不如给人惊讶迷惑为多。张资平,以"学故事的高手"那种态度,从日本人作品中得到体裁与布局的方便,写年青人亟于想明白而且永远不发生厌倦的"恋爱故事",用平常易解的文字,使故事从容发展,其中加入一点明白易懂的讥讽,琐碎的叙述,乃不至于因此觉得过长。错综的恋爱,官能的挑逗,凑巧的遇合,平常心灵上的平常悲剧,最要紧处还是那文字无个性,叙述的不厌繁冗,年青人,二十年左右的年青人,切身的要求,是那么简单明白,向艺术的要求,又那么不能苛刻,于是张资平的作品,给了年青人兴奋和满足,用作品揪着了年青人的感情,张资平的成就,也成为空前的成就了。俨然为读者而有所制作,故事的内容,文字的幽默,给予读者以非常喜悦,张资平的作品,得到的"大众",比鲁迅作品为多。然而使作品同海派文学混淆。使中国新芽初生的文学,态度与倾向,皆由热诚的崇高的企望,转入低级的趣味的培养,影响到读者与作者,也便是这一个人。年青读者从张资平作品中,是容易得到一种官能抽象的满足,这本能的向下发泄的兴味,原是由于上海旧派文学所酝酿成就的兴味,张资平加以修正,却以稍稍不同的意义给年青人了。

然而从张资平作品中感到爱悦的人,却多是缺少在那事件上展其所长的脚色。这些年青男子,是"备员"却不是"现役"。恋爱这件事在他们方面,发生好奇的动摇,心情放荡,生活习惯却拘束到这实现的身体,无从活泼。这里便发生了矛盾,发生了争持。"情欲的自决","婚姻的自决",这口号从五四喊起,喊了几年,年青人在这件事却空怀"大志",不能每人皆可得到方便。张资平小说告给年青人的只是"故事",故事是不能完全代替另外一个欲望的,于是,郁达夫,以衰弱的病态的情感,怀着卑小的可怜的神情写,成了他的《沉沦》。这一来,却写出了所有年青人为那故事而眩目的忧郁了。

生活的卑微,在这卑微生活里所发生的感触、欲望上进取、失败后的追悔,由一个年青独身男子用一种坦白的自曝方法,陈述于读者,郁达夫,这个名字从《创造周报》上出现,不久以后成为一切年青人最熟习的名字了。人人皆觉得郁达夫是个可怜的人,是个朋友,因为人人皆可从他作品中,发现自己的模样。郁达夫在他作品中,提出的是当前一个重要问题。"名誉、金钱、女人、取联盟样子,攻击我这零落孤独的人……"这一句话把年青人心说软了。在作者的作品上,年青人,在渺小的平凡生活里,用憔悴的眼看四方,再看看自己,有眼泪的都不能悭吝他的眼泪了。这是作者一人的悲哀么?不,这不是作者;却是读者。多数的读者,诚实的心是为这个而鼓动的。多数的读者,由郁达夫作品,认识了自己的脸色与环境。作者一枝富有才情的笔,却使每一个作品,在组织上即或完全忽略,也仍然非常动人。一个女子可以嘲笑冰心,因为冰心缺少气概显示自己另一面生活,不如稍后一时淦女士对于自白的勇敢。但一个男子,一个端重的对生存不儿戏的男子,他却不能嘲笑郁达夫。放肆的无所忌惮的为生活有所喊叫。到现在却成了一个可嘲笑的愚行,因为时代带走了一切陈腐,新的方向据说个人应当牺牲。然而展览苦闷由个人转为群众,十年来新的成就,是还无人能及郁达夫的。说明自己,分析自己,刻画自己,作品所提出的一点纠纷处,正是国内大多数青年心中所感到的纠纷处。郁达夫,因为新的生活使他沉默了,然而作品提出的问题,说到的苦闷,却依然存在于中国多数年青人生活里,一时不会失去的。

感伤的气分,使作者在自己作品上,写到放荡无节制的颓废里,作为苦闷的解决,关于这一点,暗示到读者,给年青人在生活方面,生活态度有大影响,这影响,便是"同情"于《沉沦》上人物的"悲哀",也同时"同意"于《沉沦》上人物的"任性"。这便是作者从作品上发生的不良结果,虽为时较后,用"大众文学""农民文学"作呼号,却没有多少补救的。作者所长是那种自白的诚恳,虽不免夸张,却毫不矜持,又能处置文字,运用词藻,在作品上那种神经质的人格,混合美恶、揉杂爱憎、不完全处、缺憾处,乃反而正是给人十分尊敬处。郭沫若用英雄夸大样子,有时使人发笑,在郁达夫作品上,用小丑的卑微神气出现,却使人忧郁起来了。鲁迅使人忧郁,是客观的写到中国小都市的一切,郁达夫,只会写他本身,但那却是我们青年人自己。中国农村是崩溃了,毁灭了,为长期的混战,为土匪骚扰,为新的物质所侵入,可赞美的或可憎恶的,皆在渐渐失去原来的型范,鲁迅不能凝视新的一切了。但青年人心灵的悲剧,却依然存在,在沉默里存在,郁达夫,则以另一意义而沉默了的。

三

让我们忘却了上面提到的这几个人,因为另外还有值得记忆的作者。是的,上面的作者,有些人,是在我们还没有忘却他以前,他自己就早已忘却他的作品了。汪敬熙、王统照、落华生几个人,在创作上留下的意义,是正如前一期新诗作者俞平伯等一样的意义,作品成为"历史底"了的。鲁迅、郁达夫、冰心、郭沫若,这些自己并不忘却自己的人,我们慢慢的也疏忽了。张资平,在那巨量的产额下,在那常常近于"孪生"的作品里,给人仍然是那种原来趣味,但读者,用一个人嘲弄的答谢给作者,是一件平常而正当的行为。他的作品继续了新海派的作风,同上海几个登载图画摄影的通俗杂志可以相提并记。叶绍钧因为矜持,作风拘束到自己的习惯里,虽在寂寞中还能继续创作,但给人的感动,却无从超越先一时期所得的成功了。

这个时代是说到十二年十三年为止的。

四

十三年左右,在国内创作者中为人所熟习的名字,是下面几个人。许钦文,冯文炳,王鲁彦,黎锦明,胡也频。各人文字风格皆有所不同,然而贯以当时的趣味,却使每个作者皆自然而然写了许多创作,同鲁迅的讽刺作品取同一的路线。绅士阶级的滑稽,年青男女的浅浮,农村的愚暗,新旧时代接替的纠纷,凡属作家,凝眸着手,总不外乎上述各点。同时因文字方面所受影响,北方文学运动所提示的简明体裁，又统一了各个作者，故所谓个性，乃仅能在文学风格上微有不同，"人生文章"一名词，虽无从概括作者，然而作品所显示的一面，是无从使一个作者独有所成就的。其中因思想转变使其作品到一种新的环境里去，其作品能不为时代习气所限，只一胡也频。但这转换是十八年后的事，去当时写作已四年了。

从上述各作者作品作一系统检阅，便可明白放弃辞藻的文学主张，到十三年后，由于各个新作家的努力，限度已如何展开，然而同时又因这主张，如何拘束了各个作品。创造社的兴起，在另一意义上，也可说作了一种新的试验，在新的语体文中容纳了旧的辞藻，创造社诸人在文体一方面，是从试验而得到了意外好影响的。这试验一由于作者一枝笔可以在较方便情形下处置文字，一由于读者容易于领会，在当时，说及创造社的，莫不以"有感情"盛道创造社同人的成功，这成就，在文字一方面是较之在思想方面为大的。

用有感情的文字，写当时人所懵懂的所谓两性问题，由于作者的女性身份，使作品活泼于一切读者印象中，到后就有了淦女士。一面是作者所写到的一种事情，给了年青读者的兴奋，一面是作者处置文字的手段，较之庐隐还更华美，以"隔绝之后"命题，登载于《创造季刊》上时，淦女士所得到的盛誉，超越了冰心，惹人注意与讨论，较之郁达夫、鲁迅作品，似都更宽泛而长久。

用有诗气息的文字，虽这文字所酝酿的气息十分旧，然而说到的却是十分新，淦女士作品，在精神的雄强泼辣上，给了读者极大惊讶与欢喜。年青人在冰心方面，正因为除了母性的温柔，得不到什么东西，而不无小小失望；淦女士作品，却暴露了自己生活最眩目的一面。这是一个传奇，一个异闻，是的，毫无可疑的，这是当时的年青人所要的作品。一个异闻，淦女士作品，是在这意义下被社会认识而加以欢迎了。文字比冰心的华美，却缺少冰心的亲切，但她说到的是自己，她具有展览自己的勇敢，她告给人是自己在如何解决自己的故事，她同时是一个女人，为了对于"爱"这名词有所说明，在一九二三年前，女作家中还没有这种作品，在男子作品中，能肆无所忌的写到一切，也还没有，因此淦女士作品，以崭新的趣味，兴奋了一时代的年青人。《卷葹》这本书，容纳了作者初期几个作品，到后还写有《劫灰》及其他，笔名改为沅君。

淦女士的作品，是感动过许多人的，比冰心作品更给人感动，这全是事实。但时代稍过，作品同本人生活一分离，淦女士的作品，却以非常冷淡的情形存在，渐渐寂寞下去了。因作者的作品价值，若同本人生活分离，则在作者作品里，全个组织与文字技巧，便已毫无惊人的发现。把作者的作品当一个艺术作品来鉴赏，淦女士适宜于同庐隐一起，时至今日，她的读者应当是那些对于旧诗还有兴味的人来注意的。《超人》在时代各样趣味下，还是一本适宜于女学生阅读的创作，《卷葹》能给当时的年青人感动，作不能如《超人》长久给人感动，《卷葹》文字的美丽飘逸处，能欣赏而不足取法。

在第二时期上，女作家中，有一个使人不容易忘却的名字，有两本使人无从忘却的书，是淑华女士的《花之寺》同《女人》。把创作在一个艺术的作品上去努力写作，忽略了世俗对女子作品所要求的标准,忽略了社会的趣味,以明慧的笔,去在自己所见及一个世界里,发现一切,温柔的也是诚恳的写到那各样人物姿态,淑华的作品,在女作家中别走出了一条新路。"悲剧"这个名词,在中国十年来新创作各作品上,是那么成立了非常可笑的定义,庐隐的作品,淦女士的作品,陈学昭的作品,全是在所谓"悲剧"的描绘下面使人倾心拜倒的表现自己的生活。或写一片人生,饿了饭的暂时失业,穿肮脏旧衣为人不理会,家庭不容许恋爱把她关锁在一个房子里,死了一个儿子,杀了几个头,写出这些事物的外表,用一些诱人的热情夸张句子,这便是悲剧。郭沫若是写这浮面生活的高手,也就因为写到那表面,恰恰与年青的鉴赏程度相称,艺术标准在一种俯就的情形下低落了。使习见的事,习见的人,无时无地不发生的纠纷,凝静的观察,平淡的写去,显示人物"心灵的悲剧"或"心灵的战争",在中国女作家中,淑华却写了另外一个创作。作品中没有眼泪,也没有血,也没有失业或饥饿,这些表面的人生,作者因生活不同,与之离远了。作者在自己所生活的一个平静世界里,看到的悲剧,是人生的琐碎的纠葛,是平凡现象中的动静,这悲剧不喊叫、不吟呻,却只是"沉默"。在《花之寺》一集里,除《酒后》一篇带着轻快的温柔调子外,人物多是在反省里沉默的。作者的描画,疏忽到通俗的所谓"美",却从稍稍近于朴素的文字里,保持到静谧,毫不夸张的使角色出场,使故事从容的走到所要走到的高点去。每一个故事,在组织方面,皆有缜密的注意,每一篇作品,皆在合理的情形中发展与结束。在所写及的人事上,作者的笔却不为故事中卑微人事失去明快,总能保持一个作家的平静,淡淡的讽刺里，却常常有一个悲悯的微笑影子存在。时代这东西，影响及于一切中国作者，作品中，从不缺少"病的焦躁"，十年来年青作者作品的成就，也似乎全在说明到这"心上的不安"，然而写出的却缺少一种遐裕，即在作家中如叶绍钧，《城中》一集，作者的焦躁便十分显明的。淑华女士的作品，不为狭义的"时代"产生，为自己的艺术却给中国写了两本好书。

但作者所有与叶绍钧同一凝固在自己所习熟的世界里，无从"向更广泛的人生多所体念"，无从使作品在"生活范围以外冒险"的情形。小孩，绅士阶级的家庭，中等人家姑娘的梦，绅士们的故事，为作者所发生兴味的一面。因不轻于着笔到各样世界里，谨慎处、认真处，反而略见拘束了。作者是应当使这拘束得到解放机会，作品涉及其他各方面，即在失败里少不气馁，则将来，会更能写出无数极好的故事的。作者所写到的一面，只是世界极窄的一面，所用的手法又多是"描写"而不是"分析"，文字因谨慎而略显滞呆，缺少飘逸，不放荡，故年青读者却常欢喜庐隐与阮君，而没有十分注意淑华，也是自然的。

五

还有几本书同几个作者，应归并在这时代里去的，是杨振声先生的《玉君》同川岛的《月夜》，章衣萍的《情书一束》。

《月夜》在小品散文中有诗的美质。《情书一束》则写儿女情怀，微带一点儿荡，一点儿谐趣，写成了这一本书。《情书一束》得到的毁誉,由于书店商人的技巧,与作者本作品以外的另一类作品,比《沉沦》或《呐喊》都多,然而也同样比这两本书容易为人忘却。因为由于作者清丽的笔,写到儿女事情,不庄重处给人以趣味,这趣味,在上海《幻洲》一类刊物发达后,《情书一束》的读者,便把方向挪到新的事物上去了。

《玉君》这本书,在出世后是得到国内刊物极多好评的,作者在故事组织方面,梦境的反复,使作品的秩序稍感紊乱,但描写乡村动静,声音与颜色,作者的文字,优美动人处,实为当时长篇新作品所不及。且中国先一期中篇小说,张资平《冲积期化石》,头绪既极乱,王统照《黄昏》,也缺少整个的组织的美,《玉君》在这两个作品以后问世,却用一个新的方法写一个传奇,文字艺术又不坏,故这本书不单是在过去给人以最深印象,在目下,他仍然是一本可读的书。因作者创作态度,在使作品"成为一个作品",却不在使作品"成为一个时髦作品",故在这作品的各方面,不作趋时的讽刺,不作悲苦的自白,皆不缺少一个典型的法则。小小缺憾处,作者没有在第二个作品里有所修正,因为这作品,如《月夜》《雪夜》一样,作者皆在另一生活上,抛弃了创作的兴味,在自己这作品上,也似乎比读者还容把它先已忘却了。

这时还有几个作者几种作品,因为他们的工作,在另外一件事上,有了更多更好的贡献,因此我们皆疏忽了的,是郑振铎先生的《家庭故事》,赵景深先生的《烧饼》,徐霞村先生的《古国的人们》。

又有几个作家的作品,为了别一种原因,使我们对于他的名字同作品都疏远了一点,然而那些作品在当时却全是一些刊物读者最好的粮食的，在北方，还有闻国新，蹇先艾，焦菊隐，于成泽，李健吾，罗暄岚等创作。在南方，则周全平，叶灵凤，由创造社的《创造》而《幻洲》《洪水》，各刊物上继续写作了不少文章，名字成为了南方读者所熟习的名字（其中最先为人注意的还有一个倪贻德）。还有彭家煌。在武昌，则有刘大杰，胡云翼。在湖南，则有罗黑芷，这些作者的作品，在同一时代，似乎比较冷落一点，既不同几个已经说到的作家可以相提并论，即与或先或后的作家如冯文炳，许钦文，黎锦明，王鲁彦，胡也频而言，也不如此数人使人注意。这里我们不能不承认"数量"，"文字个性"，"所据地位"几种关系，或成就了某一些作者，或妨碍了某一些作者，是一种看来十分希奇，实在很的平常的事实的。冯文炳是以他的文字"风格"自见的，用十分单纯而合乎所谓"口语"的文字，写他所见及的农村儿女事情，一切人物出之以和爱，一切人物皆聪颖明事。习于其所占据那个世界的人情，淡淡的描、细致的刻画，由于文字所酝酿成就的特殊空气，很有人欢喜那种文章。许钦文能生仿佛速写的笔，擦擦的自然而便捷的画出那些乡村人物的轮廓，写出那些年青人在恋爱里的纠纷与当时看杂感而感到喜悦的读者读书的耐心与趣味是极相称的。黎锦明承鲁迅方法，出之以粗糙的描写，尖刻的讥讽，夸张的刻画，文字的不驳杂中，却有一种豪放气派，这气派的独占，在他名为《雹》的一集中间，实很有些作品较之同时其他作家的作品更为可爱的。鲁彦《柚子》，抑作品气分，遮没了每个作品，文字却有一种美，且组织方面和造句方面，承受了北方文学运动者所提出的方向，干净而亲切，同时讥讽的悲悯的态度，又有与鲁迅相似处,当时文学风气是《阿Q正传》支配到一部分人的趣味时节,故鲁彦风格也从那一路发展下去了。胡也频,以诗人清秀的笔转而作小说,由于生活一面的体念,使每一个故事皆在文字方面毫无微疵,组织方面在十分完美。其初期作品《圣徒》《牧场上》,可作代表,到后方向略异,作品中如《光明在前面》等作,则一个新的人格和意识,见出作者热诚与爱的取舍,由忧郁徘徊而为勇敢的向前,有超越同时同类一般作品的趋势。

但我们有时却无力否认名字比较冷落的作家,比名字热闹的作家有什么十分相悬的界域。在中国,初期的文坛情形,滥入了若干毫无关系的分子,直到如今还是免不了的。在创作中有为玩玩而写作的作家,也有因这类的玩玩而写作的人,挡住前路,成为风气,占据刊物所有的篇章,终于把写作无从表现的作家,在较大刊物上把作品与读者见面的,照例所得读者注意处较多,与书业中有关系的,照例他那作品常有极好的销数,欢喜自画自赞的,不缺少互相标榜兴味的,他们分上得到的好处,是一个低头在沉默中创作的作家所无分的。从小小的平凡的例子上看去,蒋光慈,长虹,章衣萍,……这一类名字,莫不在装点渲染中比起任何名字似乎还体面一些。那理由,我们若不能从他们的作品中找寻得到时,是只有从另外一个意义下去领会的。有些作家用他的作品支持到他的地位,有些作家又正是用他的地位支持到作品:故如所传说,一个名作者用一元千字把作品购为己有,这事当然并不希奇。因为在上述情形中,无数无名无势的新进者,出路是不要钱也无人愿意印行他们的著作的,这些事因近年来经营新出版业者的加多，而稍稍使习气破除。然而凡是由于以事业生活地位而支持到作品地位的，却并不因此有所摇动。文学趣味的方面，并不在乎读者而转移。读者就永远无能力说需要些什么，不要些什么，故时到今日，风气一转，便轮到小学生书籍充满市面的时候了。

六

把上述诸作者，以及其中近于特殊的情形，作不愉快的叙述，可以暂且放下不用再提了的。

从各方面加以仔细的检察，在一些作品中，包含孕育着的浮薄而不庄重的气息，实大可惊人，十年来中国的文学，在创作一方面，由于诙谐趣味的培养、所受的不良影响，是非常不好的把讽刺的气息注入各样作品内，这是文学革命稍后一点普遍的现象，这现象到如今经过两种打击还依然存在，无产阶级文学和民族主义文学皆不能纠正它。过去一时代文学作品，大多数看来，皆不缺少病的纤细，前面说到的理由，是我们所不能不注意的。

使作品皆病于纤巧，一个作品的动人，受读者欢迎，成为时髦的作品，全赖这一点，这种过失是应当有人负责的。胡适之为《儒林外史》重新估价，鲁迅、周作人、西滢等杂感，西林的戏，张资平的小说，以及另外一些人的莫泊桑、契诃夫作品的翻译，这些人的成绩，都是我们十分感谢，却又使我们在感谢中有所抗议。这些作品毫无可疑处，是对于此后一般作品方面有了极大的暗示。由于《新青年》陈独秀等那类杂感，读者们学会了对制度用辱骂和讽刺作反抗的行为，由于《创造》成仿吾那种批评,读者们学会了轻视趣味不同的文学的习惯,由于《语丝派》所保持的态度而写成的杂感和小品散文,养成了一种趣味,是尖巧深刻的不良趣味。用这态度有所写作,照例可以避去强调的冲突,而能得到自得其乐的满足。用这态度有所写作,可以使人发笑、使人承认、使人同意。但同时另外指示到创作方向,"暗示"或"影响"到创作的态度,便成为不良的结果。我们看看年轻人的作品中,每一个作者的作品,总不缺少用一种谐趣的调子,不庄重的调子写成的故事,每一个作者的作品,皆有一种近于把故事中人物嘲讽的权利,这权利的滥用、不知节制、无所顾忌,因此使作品深深受了影响,许多创作皆不成为创作,完全失去其正当的意义,这失败处是应归于之于先一时作俑底的。文学由"人生严肃"转到"人生游戏",于中年人情调虽合,所谓含泪微笑的作品,乃出之于不足语之此年轻作者,故结果留下一种极可非难的习气。

说一句俏皮一点的话,作一个小丑的姿式,在文体方面,则有意杂糅文言与口语,使之混和,把作品同"诙谐"接近,许多创作,因此一来连趣味也没有了。在把文学为有意识向社会作正面的抗议的情形里,所有的幼稚病,转到把文学为向恶势力作旁敲侧击的行为,抓他一把,捏他一下,仿佛虽聪明知慧了许多,然而创作给人也只是一点趣味,毫无其他可企望的了。舒老舍先生,集中了这创作的谐趣意识,以夸诞的讽刺,写成了三个长篇,似乎同时也就结束了这趣味的继续存在,因为十六年后,小巧的杂感,精致的闲话,微妙的对白剧,千篇一律的讽刺小说,也使读者和作者有点厌倦了,于是时代便带走了这个游戏的闲情,代替而来了一些新的作家与新的作品。

这方向的转变,可注意的不是那几个以文学为旗帜的人物,虽然他们也写了许多东西,如钱杏邨先生所指出的蒋光慈,洪灵菲,等等。但我想说到的,是那些仅以作品直接诉之于读者,不仰赖作品以外任何手段的作家,有几个很可注意到的人。

1. 以十五六年以来革命纠纷的时代为背景,作者体念的结果,写成了《动摇》《追求》《幻灭》三个有连续性的恋爱革命小说,是茅盾。

2. 以一个进步阶级女子,在生活方面所加的分析,明快爽朗又复细腻委蛇的写及心上所感到的纠纷,着眼于低级人物的生活,而能写出平常人所着眼不到处,写了《在黑暗中》的是丁玲。

3. 就是先前所说及的集中了讽刺与诙谐用北京风物作背景,写了《赵子曰》《老张哲学》等作的是老舍。

在短篇方面,则施蛰存先生一本《上元灯》,最值得保留到我们的记忆里。

把习气除去,把在创作中不庄重的措词,与自得其乐沾沾自喜的神气消灭,同时也不依赖其他装点,只把创作当成一个企图,企图它成一个艺术作品,在沉默中努力,一意来写作,因此作品皆能以一种不同的风格产生而存在,上述各作者的成就,是我们在另一时候也不能忘却的。使《黄昏》《玉君》等作品与茅盾《追求》并列,在故事发展上,在描写技巧上,皆见出后者超越前者处极多。大胆的以男子丈夫气分析自己,为病态神经质青年女人作动人的素描,为下层女人有所申诉,丁玲女士的作品,给人的趣味,给人的感动,把前一时几个女作家所有的爱好者兴味与方向皆扭转了。他们厌弃了冰心，厌弃了庐隐，淦女士的词人笔调太俗，叔华女士的闺秀笔致太淡，丁玲女士的作品恰恰给了读者们一些新的兴奋。反复酣畅的写出一切，带着一点儿忧郁，一点儿轻狂，攫着了读者的感情，到目前，复因自己意识就着时代而前进，故尚无一个女作家有更超越的惊人的作品可以企及的。

讽刺因夸张而转入诙谐滑稽，老舍先生的作品，在或一意义上，是并不好的。然而一时代风气，作家之一群，给了读者以忧郁，给了读者以愤怒，却并无一个作者的作品，可以使年青人心上的重压稍稍轻松。读《赵子曰》，读《老张哲学》，却使我们感觉作者能在所写及的事物上发笑，而读者却因此也可以得到一个发笑机会。这成就已不算十分坏了。关于故都风物一切光景的反照，老舍长处是一般作者所不能及的，人物性格的描画，也极其逼真动人，使作品贯以一点儿放肆坦白的谐谑，老舍各作品，在风格和技术两方面都值得注意。

冯文炳，黎锦明，王鲁彦，许钦文……，作品可以一贯而谈处便是各个作家的"讽刺气分"。这气分，因各人笔致风格而小异，却并不完全失去其一致处。这种风气的形成，有应上溯及前面所述及"诙谐趣味"的养成，始能明白其因缘的，毫无可疑处，各个作者在讽刺方面，全是失败了的。读者这方面的嗜好，却并不能使各个作家的作品因之而纯粹。诚实的制作自己所要制作的故事，清明的睥睨一切，坦白的申述一切，为人生所烦恼，便使这烦恼诉之于读者，南方《创造派》所形成的风气实比之于北方《语丝派》为优。浮浅幼稚，尚可望因时代而前进，使之消灭，世故聪明，却使每个作者在写作之余，有泰然自得的样子，文学的健康性是因此而全毁了的。十六年革命小说兴起，一面是在对文学倾向有所提示，另一面也掊击到这种不良趣味，这企图，在创作方面，并无何等积极的贡献，在这一面却是不为无益的。虽当时大小杂感家以《奔流》为残垒，有所保护，然而"白相的文学态度"随即也就因大势所趋而消灭了。几个短篇作者，在先一时所得到的优越地位，另有了代替的人物，施蛰存，孙席珍，沉樱，是几个较熟习的名字。这些人是不会讽刺的。在把创作当一个创作的态度诚恳上而言，几人的成就，虽不一定较之另外数人为佳，然而把作品从琐碎的牢骚里拖出，不拘囿到积习里，作品却纯粹多了。《上元灯》笔头明秀，长于描绘，虽调子有时略感纤弱，却仍然可算为一个完美的作品。这作品与稍前一年两年的各作品较，则可知道以清丽的笔，写这世界行将消失或已消失的农村传奇，冯文炳，许钦文，施蛰存有何种相似又有何种不同处。

孙席珍写了《战场上》，关于战争还另外写了一些作品。然这类题材，对于作者并不适宜，因作者所认识另一生活不多，文字技巧又不能补其所短，故对于读者无多大兴味。但关于战争，作暴露的抗议，作者以外还无另一人。

与施蛰存笔致有相似处，明朗细致，气派因生活与年龄拘束，无从展开，略嫌窄狭，然而能使每一个作品成为一个完美好作品，在组织文字方面皆十分注意，且为女作家中极有希望的，还有一个女子作家沉樱。

（选自《文艺月刊》）

评现今小说界底文字

夏丏尊

普通文字的体裁，一般分为议论，说明，记事，叙事四种。这分类虽由于文字表面的性质，其实内部还含有作者的态度上的不同。就是作者自己在文中现出不现出的问题。在议论文中，所列的完全是作者对于某事物的判断，作者完全现出在文里；说明文，是以作者的见解来解释某事物的，作者也现出在文中，不过程度较差罢了。至于记事文与叙事文，乃如实记述事物的文字，态度纯属客观，作者在文字上无现出的必要，并且现出了反足以破坏本文的调子。因为记叙文的使命，不在议论某事物的好坏，解释某事物的情形理由，乃在将作者对于某事物的经验如实传给读者，使读者从文字上也得同样的印象。这时候作者所处的只是个媒介的地位，媒介虽有拉拢男女之功，然在已被拉拢的男女之间，却是大大的障碍物，非赶快躲避一旁不可的。

在这里，恐怕有人要问："那末作者在记叙文中不能发挥自己的人格个性了吗？"我的回答，很是简单。就是作者得因了文字暗示他的个性人格,而在文字的形式上,绝不许露出自己的面目来。"郑伯克段于鄢",孔子虽在"克"字上表示许多深意,然在文字的形式上,除记叙以外,却不占着地位。荷马的人格个性,虽可从《伊里亚特》或《奥德赛》等作品中想象仿佛。但从文字形式上却没有羼入着自己的解释或议论。

除用了像上文所说的方法,暗示作者的人格个性外,记叙文中,实不容作者露出自己的面目,要露出自己的面目,非在本文以外另起炉灶不可。历史中的"太史公曰""赞曰"等语以下的文字,完全是议论性质,和正文本纪、列传中的文字异其态度了的。

记叙文在文字的形式上,要看不出有作者在,才能令人读了如目见身历,得到纯粹的印像。一经作者逐处加入说明或议论,就可减杀读者的趣味。其情形正如恋爱男女喁喁情话着,媒介者突然露出面影来羼入障害一样。凡是好的记叙文,大都是在形式上看不出有作者的。

楚子登巢车以望晋军,子重使大宰伯州犁侍于王后。王曰:"骋而左右,何也?"曰:"召军吏也。""皆聚于中军矣!"曰:"合谋也。""张幕矣!"曰:"虔卜于先君也。""彻幕矣!"曰:"将发命也。""甚嚣且尘上矣!"曰:"将塞井夷灶而为行也。""皆乘矣!左右执兵而下矣!"曰:"听誓也。""战乎?"曰:"未可知也。""乘而左右皆下矣!"曰:"战祷也。"

这是《左传》中叙鄢陵之战的文字中的一节,可谓记叙文中典型的文字。其所以为典型的,就在作者不露面目,能使读者恍如直接耳闻楚子与伯州犁的对话。古来所谓好的记叙文中,也有偶然于记叙中突然加入说明的。但真是很少,并且也只一二句,混入不多。例如《项羽本纪》中:

……项王即日因留沛公与饮,项王项伯东向坐,亚父南向坐。(亚父者范增也。)沛公北向坐,张良西向侍……

章邯令王离涉间围巨鹿,章邯军其南,筑甬道而输之粟,陈余为将,将卒数万人而军距鹿之北(此所谓河北之军也)。

又如《左传·宣四年传》:

初若敖娶于䢵,生斗伯比,若敖卒,从其母畜于䢵,淫于䢵子之女,生子子文焉。䢵夫人使弃诸梦中,虎乳之,䢵子田,视之,惧而归,夫人以告,遂使收之。(楚人谓乳谷,谓虎於菟,故命之曰斗谷於菟)以其女妻伯比,实曰令尹子文。

上面( )内的句子,都与上下别的句子态度不同。别的是记叙,( )内的却是作者加入的说明了。我对于这种句子,另有一个解释,以为不足为病。原来这种句子如果在现在都是夹注性质,应用括号或搭附标,列在本文以外,不过古人尚无这种便利的符号,所以混入正文罢了。试看,把上例( )中的句子,用括号括出,上下文仍是衔接的。

记叙文应以不露作者面目为正宗,那从前流行的"夹叙夹议",究属滥调。我国从来文人,叙述一悲哀的事实,末尾常有"呜呼悲矣"的附加语。描写一难得的人物,往往用"呜呼!可以风矣"煞脚。其实,这是作者对于读者的专制态度。作者的任务,只要把是悲或可风的事实如实写出,传给读者就够,至于悲不悲,被风不被风,都属于读者的自由,不必用了谆谆教诲的态度来强迫的。

我喜读《孔雀东南飞》,但对于末尾的"多谢后世人,戒哉慎勿忘"二句,常感不快,以为总是缺陷,不如没有了好。因为作者在这二句中,突然伸出头来了。同是描写兵祸的诗,我喜读杜甫的《石壕吏》,而不甚喜读白乐天的《新丰折臂翁》。因为前者纯系记叙性质,后者的末尾:"君不闻,开元宰相宋开府,不赏边功防黩武;又不闻,天宝宰相杨国忠,权求恩幸立边功;边功未立人生怨,请问新丰折臂翁。"一段,完全是作者自己在那里说话,突然露出了面目的。《新丰折臂翁》,是《新乐府》五十首之一,据白乐天自序,这五十首是"为君为臣为民为物为事而作,不为文而作"的。

不用说,记叙文中也有以作者自身为对象的。但这只限在文体"自序"或第一人称的小说的时候,这时作者完全与读者对面,作者就是文中的主人翁,一切都用了告语的态度写出。其情形与作者自己做了媒介,传给外界某事物的光景于读者时,完全不同的。用主观的态度或第一人称到底,可以,用客观的态度或第三人称到底,也可以。所可非议的只是明明是客观的态度或第三人称的文字,突然作者伸出头来,把主观的或第一人称的态度夹杂进去,使文字失其统一。

中国旧小说中,这种不统一之处很多。内容上作者用了"可以戒矣""可以风矣"的态度含着劝惩主义的不必说,即在文字的形式上,作者时时出头。先就小说文字的腔调看,有下面种种的例可指:

"却说","正是","未知后事如何,且听下回分解"。
"前人有诗曰,……"或"有诗为证"。
"说时迟,那时快。"
"闲言不表!且归正传。"
"也是合当有事。"

这类词句,都是作者的口气,就是作者在文中时时现出了。以上还不过就常用的腔调说正文中同样的缺陷,也几乎随处皆有。试以《红楼梦》为例:

(第四回中既将薛家母子在荣府中寄居等事略已表明,此回则暂不能写矣,如今且说)林黛玉自在荣府,一来贾母万般怜爱,寝食起居,一如宝玉……(第五回。)

……宝玉笑而不答,一径同秦钟上学去了。(原来这义学也离家不远,原系当日始祖所立,恐族中子弟,有不能延师者即入此中读书。凡族中为官者皆有帮助银两以为族中膏火之费,举年高有德之人为塾师。)如今秦宝二人来了,一……一的都互相拜见,读起书来。……(原来这学中虽多是本族子弟与些亲戚家子侄,俗语说得好:"一龙九种,种种各别。"未免人多了,就有龙蛇混杂下流人物在内。)自秦宝二人来了,都生得花朵儿一般模样……(第九回)。

……金荣只顾得意乱说,却不防还有别人,(谁知)早又触怒了一个人。(你道这人是谁?原来这人唤名贾蔷,亦系贾府中之正派玄孙…)(同上)。

再以《水浒》为例:

……十五人眼睁睁地看着那七个人都把金宝装了去,只是起不来,挣不动,说不得。(我且问你,这七人端的是谁?不是别人,原来正是晁盖,吴用,公孙胜,刘唐,三阮这七个,恰才那个挑酒的汉子,便是白日鼠白胜。却怎样地用药?原来挑酒上冈子时,两桶都是好酒,七个人先吃了一桶,刘唐揭起桶盖,又兜了半瓢吃。故意要他们看着,只是叫人死心塌地。次后吴用去松林里取出药来抖在瓢里,只做走来饶他酒吃,把瓢去兜时药竟已搅在酒里,假意兜半瓢吃,那白胜劈手夺下,倾在桶里。——这个便是计策。那计较都是吴用主张,这个唤做"智取生辰纲")(第十五回)

那妇人回到家中……每日却自和西门庆在楼上任意取乐…这条街上远近人家无有一人不知此事,却都怕惧西门庆那厮是个刁徒泼皮,谁肯来多管?(常言道:"乐极生悲,否极泰来。"光阴迅速…前后又早四十余日。)却说武松自从领了知县言语,……(第二十五回)

够了,不必多举了,把上面括号中的部分和不加括号的部分合读起来,很足使人感到不调和的缺陷。我也认《红楼梦》与《水浒》是有价值的小说,但对于这样的笔法,总觉有点不满。在近世别国的小说中,是找不出这样的手法的。

以上是我个人对于记叙文的见解和对于旧文艺的不满的表示。以下试更以这见地来评现在新作家的创作。在这里,我先要声明二事:(一)我所评的不是作品全体,只是作品的形式部分——文字而已。(二)我因无暇,无钱,不能普遍地搜罗现今当世诸作家的作品来读,故经眼的作品,只是很有限的几篇。

现今诸家的作品,手法上、体裁上,大家都已力求脱去旧套,摹仿他国的了。但就我所见到的有限的若干作品中,似乎还有许多地方未能脱尽旧式,有着我所谓不统一的瑕疵的。例如鲁迅的《风波》中:

老人男人坐在矮凳上,摇着大芭蕉扇闲谈,孩子飞也似地跑,或者蹲在乌桕树下赌玩石子。女人端出乌黑的蒸干菜和松花黄的米饭,热蓬蓬冒烟,河里驶过文人的酒船,文豪见了大发诗兴,说,"无思无虑,这真是田家乐啊!"

(但文豪的话有点不合事实,就因为他们没有听到九斤老太们的话。)这时候九斤老太正在大怒……

又如郁达夫的《沉沦》中：

第一高等学校将开学的时候，他的长兄接到了院长的命令要他回去。他的长兄便把他寄托在一家日本人的家里。几天之后，他的长兄长嫂和他的新生的侄女就回国去了。

（东京的第一高等学校里有一班预备班，是为中国人特设的。在这预科里预备一年卒业之后，才能入各地高等学校的正科，与日本学生同学。）他考入预科的时候，本来填的是文科，后来将在预科卒业的时候，他的长兄定要他改到医科去，他当时亦没有什么主见，就听了长兄的话把文科改了。(三十三页。)

（在生活竞争不十分猛烈，逍遥自在，同中古时代一样的时候，在风气纯良，不与市井小人同处，清闲雅淡的地方，过日子正如做梦一般，）他到了 N 市之后，转瞬之间，已经有半载多了。(三十一页。)

又如叶绍钧的《潘先生在难中》中：

不知几多人心系着的来车居然到了。闷闷的一个车站就一变而为扰攘的境界,(来客的安心,候客者的快意,以及脚夫的小小发财,我们且都不提,单讲一位从让里来的潘先生。)他当火车没有驶进站场之先,早已调排得十分周妥,他领头,右手提着黑皮包,左手牵着个七岁的孩子,七岁的孩子牵着他的哥哥,(今年九岁,)哥哥又牵的他的母亲,潘师母。潘先生说人多照顾不齐,这么牵着,首尾一气,犹如一条蛇,什么地方都好钻了。他又屡次叮嘱,教大家握得紧紧,切勿放手,尚恐大家忘了,又屡次摇荡他的左手,意思是教他把这个警告打电报一般一站一站递过去。(首尾一气诚然不错,可是也不能全然没有弊端。火车将停时所有的客人和东西,都要涌向车门,潘先生一家的一条是有点尾大不掉了。)(《小说月报》十六卷第一号。)

这都是第三人称的小说,而于中却夹入着作者主观的议论或说明,就是作者忽然现出,文字在形式上失了统一,应认为手法上的不周到,须改善的。这种文例,据我所见到的着实还不少,反正是同样的例。不多举它。

此外,诸家的作品中,还有表面上似不犯上面所说的缺陷,而骨髓里却含有同样不统一的毛病的,例如冰心的《超人》中所列的厨房里跑街的十二岁的孩子禄儿在花篮中附给主人公何彬的信:

我也不知道怎样可以报先生的恩德,我在先生门口看了几次,桌子上都没有摆着花儿——这里有的是卖花的。不知道先生看见过没有——这篮子里的花,我也不知道是什么名字,是我自己种的,真是香得很,我最爱他。我想先生也必是爱他,我早就要送给先生了,但是总没有机会,昨天听说先生要走了,所以赶紧送来。

我想先生一定是不要的。然而我有一个母亲,她因为爱我的缘故,也很感激先生。先生有母亲么?她也是一定爱先生的。这样,我的母亲和先生的母亲是好朋友了。所以先生必受母亲的朋友的儿子的东西。禄儿叩上。(《超人》九页。)

姑勿论贫苦的禄儿能否识字写信,即使退若干步说,禄儿会识字能写信,但这样拗曲的论理,究竟不是十二岁的小孩的笔端所能写得出的。揆诸情理,殊不可通。其病源完全与上述各例一样,是作者在作品中露出马脚来。不过一是病在表面,一是病在内部罢了。

易卜生的《娜拉》中,哈尔茂称娜拉为"小鸟",为"可爱的小松鼠",为"可爱的云雀"。马克斯·诺尔道(Max Nordau)在《变质论》中批评他,说:"这是银行经管,辩护士,同居八年了的丈夫,对于已经做了三个子女的母亲的妻所应有的口吻吗?"

这套口气,我对于上面的信,也要发同样的疑问"这信是厨房徒弟、十二岁的小孩所做的文字吗?"了!章实斋的《古文十弊》里说:

文人固能文矣,文人所书之人,不必尽能文也。叙事之文,作者之言也,为文为质,惟其所欲,期如其事而已矣。记言之文,则非作者之言也,为文为质,期于适如其人之言,非作者所能自主也。名将起于卒伍,义侠或奋闾阎,言辞不必经生,记述贵于宛肖。而世有作者,于此多不致思,是之谓优伶演剧。……

这虽为"古文"而说,我以为实是普通记述文字应守的律令,上例正犯了此律令的。

又有不但部分上态度不一致,全篇犯着不统一的毛病的。例如《创造周报》(第十三期)全平的《呆子与俊杰》。

依理,要对于全篇加批评,应把原作全体抄录。为避烦计,只得摘取开端和结尾,显出其全文形式上的态度。并且,我以为但看开端和结尾就够。因为已可看出全文形式上的口气了。

原作开端一节是:

当去年暑假来的时候,我的乡人 C 君在平民教养院所获得的美缺,被他的友人 H 君占去了。

结尾一节是:

暑假到了,识时务的俊杰 H 君代替 C 君占了教养院的美缺了,不合时宜的呆子 C 君茫然地离了教养院,绝无留恋。他把他曾进行的艰巨的交际工程完全抛弃了。他开始了在俊杰的对面度那寂寂孤独而被人讥讽的呆子的生涯。

因为文字如叙述上是逆行的,所以结尾仍旧说到开端所说的事情为止。详细请看原作。

就这开端和结尾二节看,就可知道 C 君在文中是主人公,H 君是副主人公。语气是第三人称的。以下就依了这些条件来加以批评。

全篇称"C 君""H 君",则作者立在旁面观察的地位可知,这文中的人名下加称呼,完全是普通称呼性质,和叶绍钧氏的《潘先生在难中》的"潘先生"性质不同。叶的"潘先生",已是专称,和通常称潘某某没甚两样。这文里的称"君",纯粹只是普通称呼。

依上面的立脚点说,原作中凡叙述主人公内生活的处所,几乎全体发生冲突了。例如:

> 大会早已散了。C 君和 H 君并坐在"一路"电车中。他(满怀快乐,满脸高兴。)……"满脸高兴"呢,是旁观者看得出的,至于"满怀快乐",依上列的条件,似乎是有点通不过去了。更有甚者:
> 电车到了静安寺,他们俩走下车来,步行回去,途中 C 君想:H 君的话确有几分道理……

试问,作者何以知道 C 君在想? 在这样想呢? 这样一一检查,几乎全篇各处都要逢到同类的困难了。

我以为这困难完全在用了一"君"字的缘故,因为"君"字的背后,露出有作者的地位的。

原来在第三人称的小说作者的立点有三：一是全知的视点（The omniscient point of view）；二是制限的视点（The limited point of view）；三是纯客观的视点（The rigidly restricted point of view）。在全知的视点中，作者好似全知全能的神，从天上注视下界，作中一切人物的内心秘密无不知道，一般描写心理的小说，作者如果不完全立脚于这态度，就在情理上通不过去。制限的视点，是把全知的视点缩小范围，只在作中一人物上，行使其全知的权利，凡借了作中一人物（主人公）而叙述一切者皆是。纯客观的视点范围更狭，作者绝不自认有全知的权利，对于作品中人物，但取客观的态度而已。

上例既称"C君""H君"，当然是属第三的纯客观的视点的文字，作中人物的内心生活，实无知道的权利。若欲改为第一的全知的视点，或第二的限制的视点，则不应称"君"。但称C和H就是了。"君"的称呼，实是原文中致命的伤点。

以上是我因了个人的记叙文的见解对的现今小说界文字上的批评。论理我于指摘缺点以外，应再举国内或国外的小说中的正例，来证明己说。但这有好几个难点，举全文呢，不特不胜其烦，且不知举谁的哪一篇好；举一节呢，又恐读者要发生"以偏盖全"的怀疑，以为一节的无病，不能证明全文的也都无病，无已，只好不举了。据我个人所知，别国名小说中，是少见有这样不统一的文字的。

(选自《立达季刊》)

论体裁描写与中国新文艺

锦 明

这似乎是个极渺小的问题,然而在中国新文艺的发展上却是一个没有人加过考虑的大问题。

一篇作品的体裁(Style),——犹如一个人的外表与骨骼,这是天然产生的,——是天才家所独擅的技能。无论作家怎样伟大的思想与精神,深刻丰富的想象,若寓在一篇恶劣的体裁内,他的成功也是枉然的。我们辨识一个人,只要观其眉宇,气魄,举动,就可认识他的几分程度与性格来。体裁之于文艺就是这么一个东西。

中国的新文艺,除极少数作家外,它的价值——其实尚谈不到价值——与优劣,或许还只能从这上面下判断罢。

谁也承认这不过是修辞学上一个粗浅的术语,但对于一篇作品的鉴赏却也不能不有这一步。中国的散文与小说,似乎都不曾注意这问题,作家也不曾注意这层与艺术最有关系的修养。我并不知道中国的新作家是否看过一两部美文修辞学,但不看也未见得不会没有好的体裁出来,这因创作家并不是文学研究家,好的体裁也都是创造出来的。在中国许多新作家的执笔情形看来,他们把天才似乎太滥用了。他们的体裁不是散漫,任意铺张,便是过严紧笨重或粗糙。他们有好的意思与描写都不能充份刻画出来,这实是一宗可惜的事。

体裁的性质,严格的说,是逻辑的,宽泛一点说,是音乐的。这包括着句,节(Paragraph),段(Section),章(Chapter)的成分。精细的作家,当其描写或叙述一个人一件事物时,必具一种郑重的考虑,将其怎样分配或归纳在一句,一节,一段或一章内。这样的,他可以使意义、情节、思想明了,使文字生一种音乐的魔力,使读者在一种极微小的变动中得着深刻的感动与观念。

西欧的作家对于体裁,是其第一步到著作的路的门径,还竟有所谓体裁家(Stylist)者。如 A. Benett, M. Arnold, Carlyle 者文名也就出乎此;英人重其文,也不独在其思想与批评之主张,盖大半在其体裁是创格新颖。我们的中学生读他的文也就是为此。

虽然,模仿在一般创作家口中认为极可耻的事,但在现近流行这种混乱任性的文艺体裁看来,作家们不将西欧的体裁作第一步的模仿,将来艺术始终是不容易成熟的。我们中国文学,从来就没有所谓体裁这名词,到现在还是没有。我们的新文艺,除开鲁迅,叶绍钧二三人的作品还可见到有体裁的修养外,其余大都似乎随意的把它挂在笔头上。而更出奇者,竟有一部小说名《小雪》者——亚东图书馆出版——却加重注意的模仿《儒林外史》的写法。我们读过《儒林外史》的,大概都会知道它的写法恐怕比中国任何的历史小说都要坏。这是章回体裁传下来的毒,然而《小雪》却不过换了章回这题名罢了。

我们的批评与鉴赏界每每谈到文艺的思想与伟大的艺术,然在今日的创造品看来,这都似乎太失了功利的作用。从来,中国的近代作家稍成名后,便把什么都忽略了;他们或许连一本中学用的英文法都忘记了或者竟没有看过。我们不常时看见许多文字连通顺也讲不到吗?最大的而明显的弊端,他们诚如张耀翔氏所说,滥用了那"!"号。"!"的滥用便是体裁幼稚之一,且常使一篇细腻精美的文字加上一层粗糙之气。例如:

"……妈妈.他……他。丢了我了。"丽莲哭着说:"他不是说爱我吗!现在……把我丢了!唉,我的天哪……。"

"……妈妈!他……他……丢了我了!"丽莲哭着说:"他不是说爱我吗?现在把我丢了!唉!我的天哪!……"

从这两段所用的标点看来。第一段的表情总似乎深沉些。第二段因为欲使其沉痛却句句加上了"!",不期然显得粗糙起来,像是一种大声的叫嚷,沉痛的意思反而遮掩了。

说得滑稽一点,中国的新文艺不独意义与思想大半化为一种伤感主义,且体裁也似乎有点伤感化主义化了。一篇作品的一段一节,我们时常能看见许多赘瘤的幼稚的作家自己所发的伤感的句子。如:

"这可怜无告的"工人终于死了。"这是何等的悲惨呀！……。"

看起来,能善用体裁的作者即有伤感亦必显得扼要而沉痛些。作家们不注意体裁的纯净,无用的伤感便在任情中表示出来了;这每每使一篇可伤感的东西变成不伤感,因为作者不留心,自己给它伤感了。比方一个说笑话的人,自己还没说便打起哈哈来。这简直是傻。

说到描写,这大概也可以概括在天才的之一类罢。但也并不尽然,这和体裁一样的要修养;因为没有好的描写,即有好的体裁也是枯燥呆板的。中国的新作家有描写天才的多,但也容易滥用。

尤其明显的弊端是一种恶滥的 Fallacious illusion(即所谓过甚的表示)。这是蒙蔽艺术极恶毒的东西,又叫做夸张,俗叫耸人听闻。譬如平凡人的描写,说一个人的勇必有"万夫不当之勇",说危险必至"千钧一发"。这是一种可笑的骗术,然而在中国新文艺中却处处找出这种例来。他们有的是想激起读者的热狂,有的却完全是故意制造空气。有的人读了觉得似乎有这种事,到有这种事的经验的人读了便觉得似乎没有这种事;无以名之,名之曰 Sophism 为最妥当。这是谈不到文艺上的"真实"的,它的真实的假的,只可骗过平凡人的耳目。

文艺流于这一种变形的恶滥中,真艺术容易为其所混淆,实是一层可悲的事。我们只要把今日所称赞的艺术来较之日本的艺术,再而较之西欧艺术,真所谓"一蟹不如一蟹"了。我们的艺术竟连日本艺术中最平淡的也不如,就因为它本只能平淡而故意使其不平淡,于是成了文艺上的一种伪道(Heresy)了。

我们宁可称道那平淡的作品罢，对于这种艺术上的 Heresy 应当有所"打倒"了。

（选自《文学周报》）

论新写实主义

陈勺水

一

新写实主义的主张,当欧战终结以后,早已在发生了大变动的欧洲各国,如德、俄、奥、匈、捷克等国,用种种的名称,发现出来(参看《乐群月刊》一卷三期)。"现代的世界左派文坛"只有在万事落后的东亚,直迟到一九二八年,才介绍到日本和中国来,好像中国的新写实主义的主张,一部分还是由日本重译而来的。

作者是一个穷文人,没有钱多买国内杂志,所以还不知道国内文坛对于新写实主义的讨论,以及新写实派的作品,到底在什么状况之下。若只据我所知道的一点材料,由《小说月报》和《太阳杂志》看得的材料,看来,好像国内文坛对于新写实主义还没有确切的认识,同时,新写实派的作品好像也不甚多似的。所以,在这时候,介绍一点新写实派的理论和作品,不能说是没有意义的。

二

新写实主义这个名称，有时又叫做无产的写实主义，或无产写实主义，特别是在日本文坛上，一般人惯用无产写实主义这个名称。

把新写实主义叫做无产写实主义，自然也有相当的理由。文艺上一切主义都是有他一定的社会背景的。有了十八世纪的自由竞争经济的新社会，才发生了近世文艺上的漫浪主义的大潮流，有了十九世纪的资本集中的大工业经济社会，然后才有近代的自然主义文艺，同样，也是因为有廿世纪的帝国主义经济和随着这种经济而来的无产者社会运动的抬头，然后才有这种新写实主义的发生。新发生的写实主义，自然和一切主义一样，都是负着描写当时社会上最重大，最主要最使人感激，最关多数人利害的事件的，却是，在廿世纪里面，社会上最重大，最主要，最使人感激最关多数人利害的事件，实在就是无产者在帝国主义经济下面的被压、抵抗、抬头、失败、以及受难、等等的事件，所以，如果把廿世纪新发生的写实主义叫做无产写实主义，实在可以说是有相当的理由。

但是，从另一方面观察，这种称呼却有两种不妥的地方：

第一，在帝国主义经济下面被压迫而起来抗争受难的，除了先进国的无产者以外，还有落后国的无产者和有产者的全体即所谓被压迫民族。关于这种被压迫民族的事件，也是和无产社会运动事件相关联的，有时，他的可惊可泣的重大程度，并不亚于无产者运动的事件，所以当然也是这种写实主义的对象之一。如果把这种写实主义称为无产写实主义,就会有不能包含被压迫民族的写实在内的弊病。

第二,无产者三字,在普通的用法上,都是和有产者三字对峙而言的,所以无产写实主义这句话,往往会使人发生两种误解:1.以为无产写实主义是专写无产者的生活的。其实,在整个的社会生活上,无产者和有产者的生活,完全是互相关联的,如果完全离开了有产者的关系,就决不能描写出无产者生活实况来。何况描写有产者的组织和心机,如像辛克雷的著作等等的例,还是新写实派的重要的手法呢! 2.以为无产写实主义之外,还有一个有产写实主义。其实断没有这回事。从前虽有一个写实主义,却断不能称为有产写实主义,因为这一派人所写的,还是以无产者生活为主要题材,在观点上,也并未替有产者张目,从前的写实主义和如今的写实主义的不同之点,实在只在对于无产者的觉点上和文艺主题的采择上面,所以,只能说他们有前后新旧的区别,决不能说他们一个是有产写实主义,一个是无产写实主义。

因为这样,所以我认为无产写实主义的名称是不妥的,应该称为新写实主义。

三

新写实主义的内容到底是什么?

要想真正彻底答复这个问题,自然非从写实主义的历史,从文艺思想史说起不可。可惜,这种考据事业,我实在没有工夫去做。所以我想用一种最简便的方法说明他:先把一切主张错了或偏了的见解,先列出来,加以指摘,然后再把现今多数人认为应该包含在新写实主义内的性质,加以解释。我以为这样一来,或者比较容易得着一个明白的观念。

第一种错误的见解,就是那些单把无产者对于有产者的怨恨和反抗的描写,认为新写实派的描写。这种见解的立场,是完全站在温情主义,抑强扶弱的个人英雄主义上面的,纵然描写得怎样活灵活现,也只不过能够满一些少年人的浪漫的心理,成一种煽动青年的宣传物罢了。一般受难的大众,决不会受着如何的感激,得着怎样的慰安,发现怎样的光明,因为人生决不是一种单以爱憎的感情为内容的东西。这样的描写,纵然他所根据的材料竟是一种事实,他在作品上的地位,也只算得是写实的浪漫主义,不能称为新写实主义。

其次,专描写无产者生活的悲惨,痛苦,暗黑,丑恶等等方面的作品,也往往被人认为新写实派的作品。这当然是错误的,如果这算得是新写实派,那末,新写实派早已发生于十九世纪了,因为,像左拉等自然主义者所描写的穷苦人的暗黑面,实已达到了极高妙的程度!这种专描写无产者受难的作品,只是带着一种被动的性质,太过于悲观绝望,在事实上,和廿世纪的无产大众的性格并不相符,所以也只能算是一种空想的作品,不能说是新写实派的作品。

第三,有一种作品,专门描写一种自称无产者,在作品当中,把他的主人公看成一个模范的无产人物,说模范无产者的话,做模范无产者的行动,穿戴模范无产者的衣履,总而言之,描写着一个理想的无产者。这种乐观的作品,也许在提起无产者的兴致和暗示无产者的应有性格上面,可以有一点用处,但是,却无论如何,不能称为新写实派的作品,因为他明明太梦想了、太乐观了,也和廿世纪的无产大众的性格不符,大概只能称为广告派的作品罢。

第四,有一种作家,专把无产运动理论上的公式,编入作品之内,举例说,如果他描写一个工人,他就生怕不能够把关于工人运动的理论全部放入作品当中,如果他描写一个外国资本家,他就生怕不能够把一切骂倒帝国主义的名言妙论,都抬到这几篇小说上去。这样的作品,往往也俗称为新写实派的作品,许多不明白的人也跟着称这样作品为新写实派的杰作,其实离新写实派,不知还有多远呢。这种作品,已经有一个很好的名称,叫做宣传的文学,或传单式的作品。这种宣传的文学,从效果上说来,不敢说他毫无力量,但是,总不应僭称新写实派的名义。

第五,有一种作家,专门努力去暴露现社会的丑恶,特别注重去暴露帝国主义者,大银行家,统治机关,军事机关等等的内幕,这种作品比起上面说的第二种作品,当然进了一步,因为他不单描写无产者及被压迫者的痛苦,并且还去描写这些痛苦的来历,他的描写的性质是有主动性和社会性的。不过,单是这样,还算不得新写实派的作品,因为他还不能够挝住时代的精神,使一般大众发生异常的感激,由感激当中发生情热,由情热发生活力。

四

真正的新写实主义的作品,应该含蓄下面几个性质:

1. 新写实派的作品,应该站在社会的及集团的观点上去描写,而不应该采用个人的及英雄的观点。因为只有这样,才能与现今的大众集团时代的实情相符合,才能够获得现实社会的真相,才能够捯住大众的心理。自然,这里说的是观点,并不是说材料。在材料上,当然还得描写个个的人和个个的东西。

2. 新写实派的作品,不单是描写环境,并且一定要描写意志,因为廿世纪的无产大众已经由被动的被环境征服的状况,进到主动的起来转变环境的地步了。那些单单描写环境,不管意志的作品,自然是捯不着大众的心理的,当然也就算不得是新写实派的作品了。新写实派在这一点上面,是和旧写实派大不相同的。

3. 新写实派的作品,不单描写性格,还要由性格当中描写出社会的活力,换句话说,不是把个人性格当做个人的东西描写,倒是把他看做凑成活力的一个分子。这一点是和自然主义的个人性格的描写,大不相同的地方。新写实派的作品当中可以没有一个确定的主人公,也就是因为这个缘故。

4. 新写实派的作品,应该是富于情热的,引得起大众的美感的。自然,这里所谓美,不是指美学上所谓美,或从来美术家艺术家所谓美,因为这种美是一种固定的美,是一部分人的美,是大众所不能领略的美,这里所谓美,是指那些能够引起现今社会上一般大众的热情的美。一种作品,如果只是平平的写一些日常生活事件,或罗列一些统计材料和报告文章,一点地引不起大众的热情,那末,那怕他言言是真,句句是实,也只能算得一种纪实的报告书,一点也够不上说是写实派的艺术品。真正的新写实派作品所以和宣传的文学不同的地方,就在这里。

5.新写实派作品所描写的,应该是真实的,纵然有时万不得已,要利用一些想像力,那种想像,也应该是根据事实的想像。自然,这里所谓真实,是指题材的真实说的,不是说,作品上的情节和语句都要是真的,如果那样,那就用不着艺术的天才创造作品了。新写实派的作品在这一点上面,是和广告派梦想派文学大不相同的。

6.新写实派作品应该是有目的意识的,用别的话说,就是,应该是有教训的目的的。更详细说,就是,新写实派的作品,在上面几个条件俱已满足之后,还要看他合不合一定的目的,合一定目的才描写,不合一定目的的,只好丢下。这个一定目的,到底是什么,很难一言而决,统笼说来,应该是和廿世纪的无产大众应有的人生观社会观相符合的东西。应该是一种光明的东西。在这一层上面,新写实派的主张,是和极端的暴露文学家不同的。高尔基说得好,描写的东西,固然要真实,然而真实的东西,却不必尽可描写,对于人生无益有害的东西,非弃去不可,不弃去就等于做坏事。新写实派的态度,也是如此。

五

一个作品能够包含上面所说的几种性质,就可以算得是完全的新写实派的作品了。这样的完全作品,一定是能够教训大众的观点,暗示大众的出路,鼓舞大众的勇气,安慰大众的痛苦,满足大众的需要的。

不过，在事实上，这种完全的作品，当然很不容易得着，从目前的现状看来，在全世界上还非常缺乏。各国的无产文坛作家所以继续不断的努力，就为的是想创造这种完全的作品，同时各国无产文坛的批评家所以谆谆致辩，也不过是想用批评的力量，诱导一些真的完全的新写实派的作品罢了。

在目前没有完全的新写实派作品的状况下面，若就具体而微的作品来说，又可以依据各作品偏向的程度，在所谓新写实派作品中分为：1. 目的意识作品，即偏重宣传目的的作品；2. 暴露作品，即偏重暴露现实的作品；3. 艺术作品，即偏重艺术本身价值的作品；4. 大众作品，即偏重投合多数大众嗜好的作品。这些不完全的作品的发生，自然是过渡期间免不了的事。要免除这些弊病，还是只有靠作家继续创作和批评家继续指摘诱导。

(选自《日本新写实派代表杰作集》)